U0147641

讓愛飛揚

陳光憲　主編

藍天白雲・鵬程萬里
樹人樹木・杏壇傳燈

高駿華繪畫・李威侃題字

讓愛飛揚

王偉忠博士及王夫人張淑真老師

榮譽召集人

中華學術文教基金會高崇雲董事長

李威侃博士

主編

中華學術文教基金會陳光憲副董事長

謝淑熙博士

美術編輯

新北市樹林美術協會高駿華理事長

編輯委員相片集錦

高崇雲董事長全家福

左起陳光憲教授、美國紐約州前眾議員楊愛倫女士、高崇雲董事長

長堤市長（右一）贈送市鑰給陳光憲教授（左一）

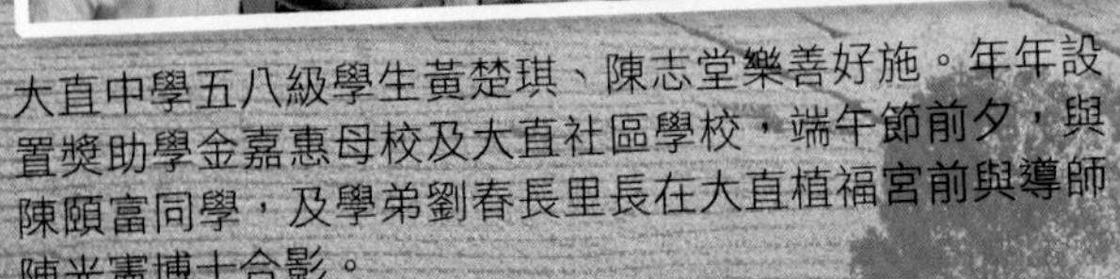

大直中學五八級學生黃楚琪、陳志堂樂善好施。年年設置獎助學金嘉惠母校及大直社區學校，端午節前夕，與陳頤富同學，及學弟劉春長里長在大直植福宮前與導師陳光憲博士合影。

編輯委員相片集錦

中華學術文教基金會全體董事合影（前排中高崇雲董事長、前排左二陳光憲副董事長）

後排左起鍾信昌校長、黃孟慧校長王偉忠博士、李威侃博士，
前排左起謝淑熙博士、陳光憲教授江惜美教授、寇惠風校長
（攝於二〇二〇年三月實踐大學蘭馨餐廳）

左起前臺視主播方怡文博士與陳光憲教授合影

左起李威侃博士、陳光憲教授、高駿華理事長

左起李威侃博士、陳光憲教授

江惜美教授（前排右四）赴菲律賓講學大合照

左起前總統馬英九先生、易理玉老師

左起李尹緒英董事長、陳光憲教授、蔡綉珍老師

李世文校長

左一鐘素敏老師（陳光憲教授夫人）、左二陳光憲教授、左四易理玉老師、右一簡麗賢老師

編輯委員相片集錦

右一徐昀霖校長

左起李蕙芳老師、林品妏老師、陳光憲教授、黃孟慧校長、蔡淑惠老師

右一鍾信昌校長與小朋友合照

左起陳光憲教授、林均珈博士、范金蘭老師（二〇一四年六月七日，國家戲劇院）

前排右一陳光憲教授、左一鍾素敏老師、後右一王瓊璜老師

前排右一吳智亭校長、右二陳光憲教授

後排右一黃惠美主任與小朋友合影

編輯委員相片集錦

右一何石松教授、左一前客家委員會李永得主任委員

左一朱明珍博士、右一陳光憲教授（二〇一九年一月十九日合照於臺北市大直咖啡廳）

左起蔡淑惠老師、陳光憲教授、林品妏老師

林連鍠老師

後排右起鐘素敏老師、陳光憲教授、張明玉老師（合照於二〇一八年元月廿日）

大直中學五八級學生，年年恭賀光憲導師教師節快樂

左起鐘素敏老師、陳光憲教授、果東法師、黃楚琪董事長

右一蔡綉珍老師每年愛心捐款助弱勢

推薦人序

吳清基總校長

光憲兄與我在臺灣的高校領域結識多年，熟識他的人都知道，他不只是一位著作等身的學者；也是一位熱愛教學、培植後起俊秀的教育家，曾創下卅三歲即當上臺灣高校校長的紀錄，更曾榮獲特殊優良教師學術貢獻木鐸獎；他也是一位作家，曾是《人間福報》「歡喜心」專欄的寫作作家，著作廣受各界的好評；他還是一位演說家，常年在國家文官學院、國家教育研究院、經濟部專業中心擔任專題講座，也屢獲海內外各界的演講邀約。

光憲教授培訓的國語文、閩南語演講比賽的教師、學生以及社會人士，包含他所領導的演說培訓團隊，早已超過三百人榮獲全國語文競賽演說第一名；他是一位傑出的教育工作者，多年來擔任大學通識教育評鑑召集人、考試院國家考試典試委員、教育部教科書審查委員、全國語文競賽命題暨評審委員，更曾擔任教育部僑教會委派訪視海外僑校及海外招生團團長；他曾經是一位政治家，曾任臺北市市議員，早年曾擔任政府單位的人力規劃工作，那段期間也正是臺灣經濟起飛，臺灣錢淹腳目的黃金年代，直至今日他還是臺北市議會的最高顧問，他更曾獲贈美國印第安納市頒授榮譽市民證書、加州長堤市頒賜市鑰。光憲教授豐富的學養及亮麗的人生閱歷，是我們人生經營的楷模。

日前光憲教授集其摯友、學生共同寫作《讓愛飛揚》，拜讀書中內容後，發現這是一本有別於一般文集的寫作，文情並茂有如古代「管鮑之間」的情義之交，可見門生在光憲老師的教誨之中，個個學有所成。有的成為大企業家，承傳了光憲教授「老吾老以及人之老，幼吾幼以及人之幼」的精神，樂善好施，救助窮苦；有的雖然遠赴海外，卻能在異國他鄉開創一番另人驚艷的事業，成為美國第一位華裔眾議員。有的也像光憲兄一樣，身上藏懷著一支五色筆，成為優秀的作家。還有更多的學生跟隨光憲教授的志業，德慧雙修，傳播善良文化，春風化雨，為國育才。雖然成就各有不同，但可以從文章中可以感受到他們傳承了光憲兄無私的大愛、高尚的品德以及溫馨的正向能量，在各自的領域中發光發熱，為國家、為民族，乃至於為不同的族群，奉獻自己的心力。

我們常把教育工作者比作是一位植樹的園丁，那麼在光憲教授多年來的播種及悉心照護之下，他在杏檀中所播種的大愛種子，在多年來的辛勤澆灌之下，不只在校園中長出翠綠的嫩芽，開花結果，更在社會的各個角落成長、茁壯，蔚然成林，翠綠成蔭，這實在令每一個教育工作者稱羡，也堪為每位教育工作者的學習典範。

臺灣教育大學系統總校長吳清基謹誌　二〇二〇年九月三日

榮譽召集人序

高崇雲董事長

一九九一年起我擔任國父紀念館館長至一九九七年期間，曾多次率團前往世界各地尋找中山先生走過的痕跡，號稱「尋根之旅」，並且在各國首都展出相關文物，同時發表「中山精神永垂不朽」的演講，公開闡釋海內外華人應該重視中山先生當年開創亞洲第一個民主共和國的偉業，效法他天下為公的胸懷，群策群力共同開創廿一世紀華人的新境界。令人欣喜的是，每到一處都獲得巨大而熱烈的迴響，此一事實，足以證明代表中華文化道統的中山精神，已深植於全球華人心中。

時迄今日，繼臺灣經濟奇蹟之後，大陸也隨之大國崛起，而如星馬地區等其他海外華人也有了相當的表現，世界各地華人風起雲湧呈現出堅強茁壯、欣欣向榮的氣象，相信一個輝煌燦爛的中華文化圈即將出現。值此之際，吾人應何去何從，應該擔負何種角色等等均值深思。

自古以來，華人即以儒、釋、道文化為主軸，強調「天下為公、富而好禮、慈悲為懷、清靜自在」的哲學，此項文化且已流傳數千年之久。綜觀世局，當可了解到一項事實，那就是經濟的繁榮以及科技的進步，並不能完全彌補心靈的空虛，惟有灌輸公民中心思想，重整道德禮儀教育，才可以使得社會淨化，進步發展。引申而言，臺灣如果想在本世紀扮演重要的角色，則堅持儒、釋、道傳統文化，弘揚中山精神理念，才是不二的法門。基於此項觀點，當前臺灣應該在文化教育方面注入更多的心力，才是走出困境最佳的途徑。

在這裡吾人所提出的建議就是「人生是短暫的，文化藝術才能永恆」，如果能教育下一代，使他們能重視文化，欣賞藝術，使得每一個人都能有高尚的品德，那麼自然而然就會形成富而好禮的社會，而團結華人共建和諧社會之後，再聯合全球以平等待我之國家民族，攜手奮進，則當然可以共同邁向世界和平的康莊大道。

中華學術文教基金會自一九九一年成立迄今已屆卅年，在歷任董事會先進的努力奮鬥下，吾人於宣揚中華文化及中山理念方面，已經擁有最優良的績效與廣大深遠的影響力及知名度，本人有幸獲得第十屆全體董事同仁的支持愛護獲任董事長的職位，除深感榮寵之外，同時也有責任重大以及鐵肩擔道義的使命感。

本基金會成員均為一時之選，包括陳光憲、王高樑、朱建民、江惜美、李威侃、苑舉正、高大鵬、習賢德、陳德禹、陳偉之、程南洲、黃金文、查重傳等教授學者。其中曾任大專院校校長者有陳光憲、朱建民、程南洲等三位，曾任院長者有五位，三位現任主任，兩位資深評論學者，一位前媒體負責人，再加上名書畫家黃慶源及王正典、張啟明兩位企業家，陣容極為堅強。本人甫獲全體董事推選為董事長之後，當下立即提名光憲兄出任副董事長，事實上，光憲兄與我同為中國文化大學大學部首屆校友，我與光憲兄相惜相知將近一甲子，深知其人不僅為學術界國學的泰斗，而且是春風化雨傑出的教育專家，更兼以情深義重，必能與我共襄盛舉，全力推廣中華文化與中山理念，此時此地，我除了在序文中鄭重推薦光憲兄之外，並應渠之邀請擔任總召集人，更特別在書中親撰「相知一甲子，情義千萬年」一文略抒胸懷，期盼此文能成為君子相知之美談！

最後，我謹在此對光憲兄以往多年的優異表現致敬，並代表中華學術文教基金會向熱心協助會務的光憲兄表示最高的謝意！

中華學術文教基金會董事長高崇雲謹誌　二〇二〇年七月卅一日

主編的話

陳光憲

這本書的寫作，來自於對生命的感恩與熱愛！

感謝父母恩、師恩、感謝上帝神佛的福佑，感恩生命中的恩人與貴人。我們熱愛生命，珍惜自己，也不傷害別人。

本書的作者，都是熱愛弘揚善良文化，為人師表的大、中、小學校長、教師以及感恩社會，回饋社會，樂善好施的大德居士。

榮譽召集人高崇雲博士，曾任國父紀念館館長及教育部僑教會主任委員，他一生以弘揚孫文學說、關懷華語教育為己任，備受海內外學者及僑胞所推崇和敬愛。

特約撰稿人黃楚琪董事長，是光憲擔任中學導師班的班長，秉性善良，感謝親恩、師恩、佛恩。事業有成之後，設立「鴻琪清寒急難救助獎學金」嘉惠大直地區中小學校，四十四歲時接受聖嚴師父的感召，助印《108自在語》一億本，與全球信眾結緣。並且擔任法鼓山護法總會副會長、榮譽董事會會長，實踐「奉獻自己，造福大眾，以微弱的光，讓生命發光發熱。」的宏願。

特約撰稿美國紐約眾議員楊愛倫博士，是光憲擔任德明專校銀行保險系導師班的學生，出國留居美國，當選美國紐約眾議員，其後又擔任紐約最高法院律師懲戒委員會首位亞裔委員，基督教角聲金齡學苑校長。前臺視主播方怡文博士，歷任臺視主持人、資深製作人、採訪主任、副理、專案中心組長、副執行長，並兼任客家電視臺創臺企畫及新聞總監，對臺灣電視新聞事業之發展有卓越的貢獻。

讀萬卷書，行萬里路，光憲應教育部僑教會的邀請，擔任海外僑校、海外臺北學校訪視委員，並擔任港澳招生團團長，訪美交流期間榮獲印第安那市頒贈榮譽市民證書、加州長堤市頒授市鑰。江惜美博士，應聘海外華語巡迴講座，廿多年來走遍五大洲，宣慰僑胞，完成巡迴教學的任務。

腹有詩書氣自華，江惜美教授榮獲資深優良教師至善獎，何石松副教授榮獲教育部推展本土語言傑出貢獻獎，易理玉、蔡綉珍教師榮獲全國傑出教師師鐸獎；寫作團隊人人才華洋溢，有立志弘揚善良文化的謝淑熙等十位博士學者，也有心中有愛，筆尖有情的寫作高手，王瓊璝老師發表在 XUITE 部落格的文章，有超過卅二萬人點閱的紀錄，因此有當代才女教師的美稱，林連鍠老師書寫鄉土情、鄉土愛的文章，妙筆生花，字字珠璣，年年獲獎，今年榮獲臺灣文學獎，有當代鄉土才子的稱號。

有德者必有言，本書作者陳光憲、何石松擔任全國語文競賽評審教師，易理玉、簡麗賢老師、徐昀霖校長榮獲全國演說第一名，他們所輔導的演說團隊，有上百人榮獲全國語文競賽各組第一名的最佳成績。

人生最大的福氣是時時有好心情，自覺覺他，光明遍照；人生最大的智慧，是日日修行感恩、利人利己、慈悲奉獻。本書作者，有樂善好施的大德居士、有榮獲博士學位的學者，也有德慧雙修，默默耕耘溫馨校園的校長和老師，教育愛、責任感、榮譽心，是本書作者的共同理念。

本書能夠集結成書，特別感恩畫家高駿華大師的封面設計，感謝李威侃、謝淑熙、王偉忠三位國學博士夙夜匪懈的辛勤付出，從徵稿、校稿到編輯工作，精益求精，力求完美的精神，令人感動。三位學者講學授課有弘揚優良文化，捨我其誰的雄心壯志，待人處世有德慧雙修、溫良恭儉讓的美德，是當代後起俊秀的典範楷模。

西元二〇二〇年新冠疫情籠罩全球，我們期盼應用正向能量，書寫對生命的熱愛與關懷，祝福各位博雅君子闔家喜樂，健康平安久久長長。

陳光憲教授寫於大直傑座寓所　二〇二〇年八月二十二日

目次

貳 杏壇傳燈，讓愛飛揚

參 亞裔之光，熱情奉獻

肆 腹有詩書，有德有言

伍 心中有愛，筆尖有情

陸 德慧雙修，溫馨校園

高崇雲董事長

作　者—高崇雲講座教授

現　任—中華學術文教基金會董事長、德明財經科技大學客座教授、中國文化大學華岡教授、兩岸國學書院院長、中華臺北經濟科技研究院院長、中華工商研究院榮譽院長、國際光明社會促進會中華總會總裁、中華文化休閒觀光協會理事長。

曾　任—國立國父紀念館館長、教育部僑民教育委員會主任委員、中華工商研究院院長、德明財經科技大學講座教授、康寧大學講座教授、國立臺灣師範大學教授兼主任、中國文化大學教授兼主任、淡江大學教授兼所長、考試院國家考試典試委員、國民大會顧問、外交部專門委員、國立政治大學國關中心研究員、浙江大學客座研究員、海外華人研究學會理事長、臺北市文化觀光國際會展協會理事長、世界和平超宗派超國家協會和平大使。

著　作－專書：《文化觀光行政管理》、《國際禮儀與會展教育》、《東南亞華人與華文教育》、《海峽兩岸南向政策與東協》、《文化與藝術》、《憲政革新與兩岸關係》、《國家前途與教育問題》、《美國對韓政策與韓國政情》、《中共與南北韓關係的研究》、《中共與東南亞》等十五種。主編專書十五種、學術論文百餘篇、散文社論百餘篇。

榮譽績效－行政院外交僑務著作獎、教育部推動僑教功勞獎、中華戰略學會著作獎、中華僑聯華文著作首獎、中國文化大學特優榮譽獎、美國德州達拉斯市頒授榮譽市民證書。

在國父紀念館館長六年任內，曾多次前往世界各國展示國父史蹟資料暨照片，出版多種國父期刊論文，接待全球元首領袖，建置中山碑林，更闢建德明藝廊等五個畫廊，舉辦全國最大如畢卡索畫展、孔子大展等。在教育部僑民委員會主任委員八年任內，增加清寒僑生公費獎學金二千二百名，每名每年五萬元新臺幣，嘉惠無數學子，又主導協助六所海外臺北學校建置永久校舍，更風塵僕僕尋訪全球華校給於補助及鼓勵。

上述二大項績效，均記載國家史冊。

相知一甲子，情義千萬年

高崇雲

光憲兄與我同為中國文化大學大學部首屆校友，都在一九六三年入學，光憲兄就讀中文系，我則進入東方語文系，由於我對國學的愛好，所以經常前往中文系選修大師級教授的課程，例如高明教授、南懷瑾教授等等，從而與光憲兄相識，雖未深入交往，但已各通聲息、互為仰慕，且有惺惺相惜之感。

回憶當年，我因為是文化大學大學部第一位報到的學生，最早入學，因此受到葉霞翟訓導長的青睞，奉命出任第一屆學生代聯會主席，故此經常有機會受到張曉峯創辦人的訓誨，親沐當代大教育家的春風化雨，對我而言，實在是一大幸運，張創辦人是一位高瞻遠慮具有頂尖智慧的學界泰斗，曾經擔任教育部部長、中國國民黨秘書長。創建中國文化大學時任國防研究院主任，院長就是　先總統蔣公中正。張創辦人實際負責院務，調訓全國核心重要領導人士加以培育。

張創辦人曾經訓示我說：「現代青年必須要有傳統文化的內涵，而且要全力宣揚母校校譽」等語，我因此在一九六四年發起愛校運動，一時之間整個華岡風起雲湧，到處洋溢著蓬勃發展的氛圍！也因為如此，我頗受到師長的重視，一九六五年文大成立韓國研究所時邀請了韓國前教育部長李瑄根，也是慶熙大學校長來訪，張創辦人見我隨侍在側，當即推薦我這個廿一歲的年輕人給李校長，並且表示我畢業以後將是首位交換學生前往慶熙。當時的我歡欣鼓舞，感動非常！

一九六九年春天我負笈漢城留學，受到李瑄根及趙永植兩位校長關愛垂顧，親炙教導。事實上也是張創辦人曾經向兩位校長關照過，我才能順利圓滿於一九七四年修完博士學分後，我奉張創辦人指示提前返臺出任副教授兼公關主任之職，得到一方面任教另一方面撰寫論文的機會，終於在一九七八年榮獲慶熙大學政治學博士學位。算是華岡學子第一位，也是留學韓國外籍學生獲博士學位中最年輕的學者，以當時的環境而言，博士學位通常是頒給資深教授的，而我所撰寫的〈中共與東南亞〉論文獲得韓國政治學會教授們的推薦，在當時最負盛名的教文社出版，並許之為當年學術界的盛事！次年春天在我的老師考選部長唐振楚全力提攜之下，革命實踐研究院崔德禮教育長簽呈院長蔣經國先生特別任命我為專門委員兼圖書組組長，綜理實踐圖書館業務。

我乃請示張創辦人，創辦人表示：實踐圖書館原為國防研究院所屬，資料典藏豐富，是研究進修的最好處所，因而獲得特准。故此我得以一方面在文大教書，另一方面又可以學習管理行政作業，此段期間我努力奮進，終於在一九八一年參加甲等特種考試榮獲外交領事人員優等及格，更得到創辦人特別嘉許。除頒發華岡之光獎狀並被聘為華岡教授！

我在文化大學讀書結婚生子教學十餘年，深受張創辦人關愛垂顧，而與此同時，光憲兄在校外的表現也非常優異，在前總統府秘書長鄭彥芬的厚愛之下出任德明商專校長，成為當時我國最年輕的大專院校校長。故此光憲兄與我在華岡的聲望可以說是並駕齊驅，同時得到傑出校友榮銜，在此，更值得一提的是，我在革命實踐研究院任職期間，奉命出任教授學者講習班第一期的輔導員。剛好輔導了與文大淵源極深的兩位傑出教授，一位就是光憲兄，另外一位就是加拿大僑領程國強教授，程教授曾任文大學務長，為講習班學員長，海內外聲望極高，記得當時我們共同聽課，同住宿舍，下課時一起泡湯喝茶消夜，暢論時局，慷慨高歌，而且各自表述抱負理想，這段期間我和光憲兄相知日深，幾乎無話不談，從此奠定了其後永恆友誼的堅實基礎！

隨後光憲兄在大專校院校長任期結束後當選臺北市議員，在政治界光芒四射。他在市議會表現優異，發言中肯，為民喉舌，好評如潮，本可繼續從政，但是因為他的宿願還是返回學術界任教，才能有更大的發揮，於是他又轉到臺北市立大學擔任學務長，一直到升任副校長，可以說是春風化雨誨人不倦，其實我與光憲兄見解一致，均認為學術教育才是我們最可適應的環境，這段期間，我們互為期許，那時我也有相當不錯的表現，先在外交部任專門委員，工作了三年，負責日本韓國業務，本有機會出任我駐韓總領事，但因母親健康的關係未能成行，且轉任師範大學擔任教授兼主任。同時與柴松林、謝瑞智等著名教授成立「中華論政學社」，也就是「中華學術文教基金會」的前身！我身兼秘書長、副社長、發言人等重要職務，當時學界百花齊放，眾說紛紜，發言鼎盛！

由於中社的表現深得社會大眾的肯定，我特別推薦光憲兄加入核心陣容，因此我們再度展開攜手共同精進的光輝坦途，由此看來，我與光憲兄不僅理想一致，而且英雄所見略同。特別令人高興的是我在學界雖然頗有微名，但總覺得仍有理想卻無法發揮的狀況出現，真是機緣湊巧，一九九一年行政院改組，我得到教育部長毛高文的賞識，有機會學者從政，出任國立國父紀念館館長之職，一做就是六年。這一段期間可以說是轟轟烈烈，聲名遠播。

我曾經率團多次前往世界各國展示國父各項書畫資料及照片，而且出版多種國父期刊論文，接待全球各國來訪的元首領袖，建置中山碑林，更闢建德明藝廊等六個畫廊，又舉辦全國最大的展覽，如畢卡索畫展、孔子文物大展等，我每天工作超過十二小時，雖然辛苦但已充分體會　國父孫中山先生立志做大事的座右銘，國父紀念館有很多活動，例如：學術演講、學術研討會、外籍學生中文演講比賽、國語演講比賽等等，我都會邀請光憲兄一同參與共襄盛舉，我認為光憲兄不僅是一位具有實力的學者領袖，而且口才便給、談話得體，隱然有國學大家的風範，因此由他擔任各種活動的評審委員，實在是不二的人選。一九九七年我奉命返回教育部出任僑民教育委員會的主任委員，該項職務最早時期是由黃季陸部長親兼，由於業務繁重必須由專任主任委員來主持僑民教育業務委員會，更因為權責極為重要，加以委員均係地位崇隆的人士，委員會由包括立法院外交僑務委員會主任秘書、監察院外交僑務委員會主任秘書，本部參事，部內重要司長及大學校長等若干人組成，任務相當艱巨，更代表本部與行政院僑委會共同分擔僑教業務，尤其是正規僑教方面的輔導以及招收僑生方面更為重中之重，於是在我出任以後曾邀請許多位大專院校校長分攤各項招生業務，光憲兄就是我首先邀請的重量級學者，他在這一方面表現特別優異，他所率領的參訪團受到了海外僑界熱烈的讚揚。坦承而言，僑民教育委員會是一個重要的單位，可以做很多的事，我在教育部僑民教育委員會主任委員八年任內，增加了清寒僑生公費獎學金二千二百名，每名每年五萬元新臺幣，嘉惠無數的僑生學子，而且又主導協助六所海外臺北學校建置永久的校舍，使他們能夠安心向學，更風塵僕僕尋訪全球僑校給予補助及鼓勵，我相信對於宣揚國父精神及照顧僑校僑生的績效，已記載史冊且屢獲各界好評，事實上，光憲兄在多項會務發展活動方面都能給予我相當的協助，應當可以與我一起分享榮耀。

總而言之，光憲兄與我誼屬同門，相惜相知將近一甲子，二〇〇六年光憲兄與我同在德明財經科大應聘為講座教授，同事多年相處極為融洽，又共同撰述教科書包括「生活禮儀」、「現代孝經」、「品格品格」等三種，由光憲兄擔任主編。二〇一八年十月當我被

左起中華學術文教基金會陳光憲副董事長、副董事長夫人鐘素敏老師、中華學術文教基金會高崇雲董事長夫人王海倫教授、中華學術文教基金會高崇雲董事長（二〇二〇年七月卅一日）

中華學術文教基金會全體董事推選為董事長後，當即提名光憲兄為副董事長，共同推動宣揚中華文化及中山精神這項重責大任！坦承而言，在我人生旅途當中有光憲兄與我攜手共進，再創中華文化學術的新境界，實深感愉快，我們之間的情誼和諧更見證了一句話，那就是「相知一甲子，情義千萬年」，此時此刻，我可以斷言，在我們所有同仁攜手合作之下，中華學術文教基金會一定可以再創奇蹟、再建輝煌！

壹

恩重如山，厚德載物

作者簡介

黃楚琪

現　　任─鴻琪股份有限公司董事長、法鼓山義工。

恩重如山

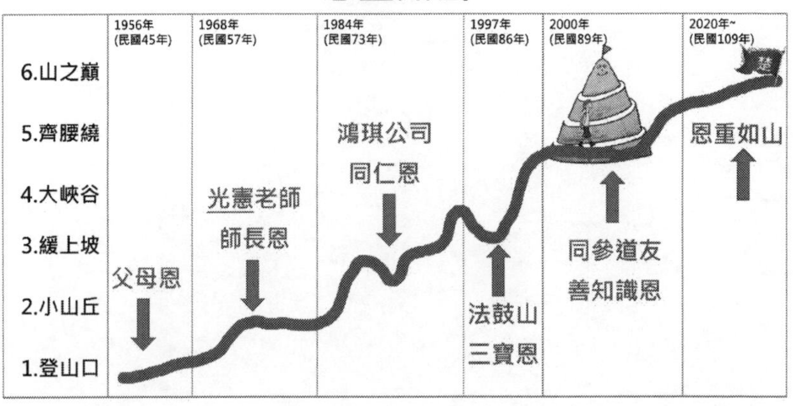

一 恩重如山

黃楚琪

登山口

如果說，生命的旅程是攀登一座以自己為名的山，那麼，我要感謝在登山口啟程的那一刻，父母在我的行囊中，裝滿了勤奮水，努力粿。小時候，因為家境清寒，五、六歲便幫忙家計，一年四季隨著季節變化，跟著父母做各式產品，春天做Q彈芋圓，夏天賣消暑仙草，秋天飄著菜頭粿香，冬天則是做應景的甜粿來維持生計。有人說「孩子是望著父母的背影長大的」，那麼，父母背影投射出來的勤奮與努力，足以讓小小年紀的我撐起扁擔挑餿水，父母背影映照出隨季節變化的生存之道，則是影響著日後我在企業上的經營，成長過程的艱辛，點點滴滴都是日後成長的養分。

小山丘

過了赤腳的小學，進入課業並不出色的中學，整個人就像在山路遇見分岔口一般，不知該往何處前進？迷惘中，瞥見遠處小山丘，有人用力揮動旗幟，大聲呼喊要我向前，那是影響我一生的導師，陳光憲老師。光憲老師教導我們待人要有「只看優點，不責備缺點」的雅量，處事則要有「痛苦要忍受，困難要突破」的堅持，這五十多年來謹記在心，不曾忘記。在沒有自信心的當時，被老師指定擔任班長，不免懷疑，自己真的能扛起這份重任嗎？光憲老師奮力揮動的旗幟，形塑了我的責任心，也讓我體驗到榮譽感，這份責任心與榮譽感，影響至深無以為報。直到日後因緣成熟，終於有機會回饋大直地區的學校，分別在大直國小、大直國中、大直高中……等六所學校，設立「鴻琪清寒急難救助獎學金」。實踐光憲老師所教導「取之社會、用之社會」的感恩回饋理念，也堅定了我「行善沒有條件」的想法。

緩上坡

一九八四年，廿八歲那年創業，成立鴻琪股份有限公司。公司主要業務是電子零組件研發及生產。也許有人會猜測，不到卅歲創業，大概是父母餘蔭吧！其實不然，完全是白手起家。創業歷程艱辛，籌措資金倍感煩惱，能一步一腳印走來，先要歸功於大環境因素，當時臺灣經濟轉型，政府鼓勵民間創業，任何人只要懷有夢想，願意努力，創業並非不可能的任務，我就是受到時代氛圍鼓舞，大膽築夢、謹慎踏實，成立公司自創品牌 HCH & TCL。目的不完全只為賺錢，為的是脫貧，因為「唯有改變，才有出路」。鴻琪公司成立初期，規模不大，但因眾緣和合，秉持著：用心創新第一、品質服務優先，提昇工作環保、做好生活環保之經營理念，當年除了在臺灣設立總公司外，並於日本、韓國，以及中國大陸的北京、蘇州、上海、深圳等城市，陸續成立分公司。從小家庭困苦的環境，為我打好勤奮的根基，大環境的灌溉滋潤，同仁們的齊心齊力，為公司帶來甘霖，現在已茁壯有成果。而我的想法也從「樂觀奮鬥」改變為「樂觀進取」，過往奮鬥追求有形成就，改變之後，懂得回饋，學會分享，並實踐聖嚴法師「知恩報恩為先，利人便是利己」的信念。一提到聖嚴師父，就讓我回想起與法鼓山結緣的那年。

大峽谷

一九九七年父親往生，法鼓山法師與師兄姐們親臨關懷，讓家人產生安定的力量，讓我對生與死有了更深刻的體悟。聖嚴師父常說：「死亡不是喜事，也不是喪事，而是一場莊嚴的佛事。」佛事是什麼呢？就是緣起法，有生就有滅，有開始就有結束，結束未嘗不是另一個階段的開始，生命是充滿希望的。一九九七年與法鼓山結緣後，因為經營企業，經常到海外出差，直到張登代師姐推薦，參與二〇〇〇年的菁英禪修營，才算真正踏上學佛之路。

來到法鼓山這座寶山，讓有限生命變得無價，經營企業懂得取捨，待人接物學得圓融，固執脾氣消得無蹤，這座寶山的寶藏，我願更多人來共享，因此，二〇〇五年六月份《108自在語》問世，也出版了自在神童、自在時光、自在樂活、動畫、漫畫……等書。《108自在語》是摘自聖嚴師父法語，沒有過多佛學名詞，富涵人生哲理且顯淺易懂卻又深入人心，大家可以隨身攜帶，隨手翻看，非常方便。目前推廣到全國中小學、高中，包括漫畫書、DVD、動漫，各式各樣的方式呈現，《108自在語》共翻譯成廿三種語言版本，全球持續在推廣結緣中，其中漫畫獲得國立編譯館漫畫獎和動畫的國人自製兒童及少年優質節目五星獎。二〇一七年更推出符合時代脈動談生與死的尊嚴「代先生的奇幻旅程」動畫影片。

齊腰繞

四十四歲才有因緣接觸法鼓山，實在有些晚，但或許因為這樣，較能領悟聖嚴師父的理念，師父說要有大願力，為社會奉獻一己之力，必須「無所求，無所得，無煩惱」，如此才能自在快樂。曾有人問聖嚴師父，這一生還有甚麼事沒做？師父說他這一生沒有遺憾，但心願未了。我想向聖嚴師父學習，能夠沒有遺憾，圓滿的走完這一生。

二〇〇四年九月，誠惶誠恐接下聖嚴師父委予的重任，擔任法鼓山護法總會的副總會長，護法總會的會務涵蓋全球，主要工作是關懷全球信眾，以及推動法鼓山「提昇人的品質，建設人間淨土」的理念。這十二年期間，以法鼓山的精神「奉獻我們自己，成就社會大眾」為依歸，信眾有需要，護法總會就全力協助。聖嚴師父說：「奉獻我們自己，成就社會大眾」。護法過程中，雖說確實是奉獻了自己的體力與時間，但更多的是向師父與同行善知識們學習，學習如何將常被誤解又這麼好的佛法推廣出去、學習如何真誠關懷他人、學習觀察自己的起心動念、學習安住自己起伏的心、學習改變自己的舊脾氣進而提昇人品，獲益最大的正是自己。

二〇一四年四月，接下第三任榮譽董事會會長任務，我認為法鼓山與信眾之間並非銀貨兩訖的關係，希望透過關懷達成教育的目的，因而與第三任團隊共同籌畫各種方式，達到與菩薩們的互動。我們以點、線、面、全面的方式進行，「點」是指寄送生日賀卡給每一位菩薩，「線」是於每月初寄送電子報，「面」是在全臺灣北、中、南、宜花東，以及海外地區舉辦聯誼會，「全面」則是邀請菩薩們回到法鼓山，體驗禪悅境教，這些都需要法鼓山僧團法師，以及許多師兄、師姊們的付出，才能圓滿，我有幸與第三任團隊一起共事，就是希望大家攜手入寶山不空手而回。

山之巔

從登山口一路走來，發願自己持續努力攀登三座山顛，第一座山顛名為力行者山巔，那就是將「《108自在語》，全球發行一億本」。因為學佛後，深知佛法的好，希望讓更多人能接觸到佛法，讓世界各地的人們，隨時可以得到佛法的滋潤與啟發，讓每一句一〇八自在語，在不同的時空下，護念每一顆心靈。因而將「《108自在語》，全球發行一億本」訂為此生一定要攻頂的山巔。

第二座要挑戰的是攀登思想的山巔，期許自己有生之年，能「讀完聖嚴師父兩百多本著作」。時刻不忘師父的悲智願心，藉此勉勵自己，人身難得今已得，佛法難聞今已聞，定要把握學習佛法的因緣。雖然，這不是容易的事，但我願仰望這座高山，不停前行。

第三座要挑戰的是環球的山巔，也就是足跡踏遍全世界。十多年前，曾挑戰過臺灣第一高峰玉山，以及日本富士山，如今隨願所成，已到訪過一百九十六個國家。曾經，一年飛往國外的登機證高達一百卅八張，五十五歲前往南北極地挑戰冰泳，體驗各國山水、風光、文化，不論是在委內瑞拉有著夢幻景緻的天使瀑布，還是戰火頻仍的阿富汗，經歷過這麼多國家，感受到的是索馬利亞或是委內瑞拉的居民都是善良的。最大的感觸是，只要心好，到處都好。目前，心中懷想但尚未完成的大山大海有，聖母峰、K2、正南極九十度，這是屬於我挑戰自己體力、耐力的環球山巔。一直以來，非常希望能學會一種樂器，背熟五首歌曲，倘若，能在環球的各個山顛演奏，那我想為這個夢想名為「處環球之奇」。

我認為「若不善用財富利益世人，便像錦衣夜行暗自驕矜」，賺錢若只求享受，猶如穿著華服在黑夜行走，缺了價值、少了意義。聖嚴法師往生前留下的四句偈「無事忙中老，空裡有哭笑，本來沒有我，生死皆可拋。」更讓我了解，生命短短數十載，要做利益世人的事，活著才有意義。適逢尊敬的光憲老師號召大夥傳遞正能量，老師希望一盞燈點亮萬盞燈，而我有幸成為其中的一盞，希望自己的成長歷程也能分享，而這微光能引路，走向生命無價的大山之巔。

寒冬送暖．讓愛飛揚．照顧低收入戶

樂善好施．先父東岳公創辦恆善會．光宏弟寒冬送暖．迄今年年舉辦．

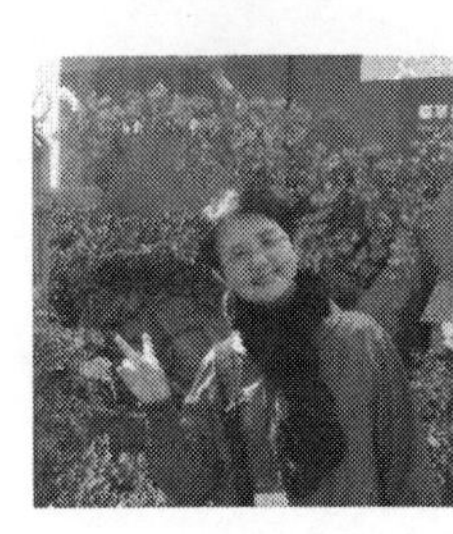

王瓊璜

學經歷—臺北市市立師院語教系（即今之臺北市立大學中國語文學系）畢業、小學教師三十四年，擅長作文教學、南一國小國語教科書作者及編輯、南一新講臺雜誌主編及「作文教學任我行」專欄作家、正法之光雜誌審稿及潤稿、正法之光雜誌「梅花映月」專欄作家。

演　講—二〇一一年受邀至馬來西亞華文學校巡迴演講。九年一貫主題教學種子教師，曾獲邀至教育部小班教學北區學術研討會、臺北市教育大學、世新大學、嘉義大同大學、臺北市復興高中、陽明高中及臺北市、臺北縣、嘉義縣、雲林縣各個小學教師週三進修發表專題演講。

創　作—《愛上作文——學會想像、思考、書寫、表達》一書作者。擅長散文寫作，作品散見於各報刊雜誌。十八歲時作品就登上當時最大報《中央日報》副刊，其中一九八四年所刊〈賣春聯〉一文，被評為當時最感人的文章。在《人間福報》發表的〈在陽光下——浮華銷盡見真淳〉、〈風鈴之歌〉、〈浮生記事〉、〈擁有一顆詩心〉、〈一棵樹與一枚錢幣〉等文分別被收錄在二〇〇五、二〇〇六、二〇〇七、二〇〇八年的《臺灣文學年鑑》。

榮譽榜——臺北市教育e週報教育箚記文章點閱率前五名，二〇〇八年獲臺北市教育局長頒獎。部落格「作文教學文章」，曾獲教育部部落格大賽初選得名，點閱人數超過卅二萬人。作文教學文章廣受引用、推薦，包括北京大學中文論壇、寧夏大學，臺北海洋大學、臺南大學、中央大學、屏東師院及各縣市教育局等。

二 卻顧所來徑

王瓊璜

我出生在嘉義縣梅山鄉，在家中排行第三，我有兩個姊姊、兩個弟弟和兩個妹妹。父親任職於梅山鄉公所，家無恆產，以微薄的薪資要養活一家十口，已屬不易；兼之父親急公好義、古道熱腸，別人有所託時從不推辭，總是全力以赴，甚至慷慨解囊，因此，經常薪資拿回家時只剩一半；端賴母親刻苦耐勞，做小工、剝筍干，賺些蠅頭小利貼補家用。即便如此，在那個教育仍不是很普及且重男輕女的時代，父母親仍然栽培我們家的孩子讀書，至今猶記得每學期註冊時，父母親焦頭爛額四處借貸的苦狀。

梅山初中畢業後，我考上了嘉義女中，因為深知家中的苦狀（我下面還有四位弟妹要讀書，且幫忙賺錢養家的二姊要出嫁了），我不敢妄想讀大學，因此當別人孜孜不倦準備著大學聯考時，我卻是埋首閱讀文學作品，並嘗試創作，高三時，我寫的散文就經常發表於青年戰士報。

父親的國學造詣很好，他會作詩填詞，寫的一手遒勁剛健的毛筆字，經常義務的指導鄉民讀「漢學」，從小耳濡目染，兼之家中藏書豐富，因此我也熱愛文學。高中畢業後，我考上了代課老師，到梅山鄉龍眼國小代課。我擔任的班級是一年級，他們是一群未經過琢磨的璞玉，在豐潤蘋果般的臉上，有天使般純真的笑容，充溢著坦白的頑皮，崇拜和求知的熱誠，在他們眼底閃爍。面對著他們，我警惕和勉勵自己，必須做一個好保姆、好老師；也就是從彼時起，我下定決心：「小學教師」將是我此生之志業。

於是，代課一年後，我考取了兩年制的師專，猶記得國文課的第一篇作文「白筆生涯半甘辛」，楊志莊老師在課堂上大大的誇讚了我一番，給了我極高的評價，我試著將文章投稿到當時審稿最是嚴苛的中央日報副刊，沒想到幾日後竟然刊登了。名作家冰心曾寫過她此生最得意的事是廿歲時文章就刊登在中央日報，而那年我才十八歲（我虛歲六歲就去讀小學了）。這件事給了我莫大的鼓勵。

我自認為我是個充滿愛心、極其負責盡責的小學老師，我竭盡心力的教導、照顧小朋友，對有困難的小朋友也竭盡心力的幫助，我曾用我有限的零用錢買衣服、外套和鞋子給媽媽過世、家境窮困的小朋友穿；我還撫養過兩位小朋友，前後有兩年之久，一位是媽媽到風月場所上班，把小孩也帶了去，我不忍心，請求那位媽媽把孩子帶回來，我免費幫她養；另一位是媽媽跑了，爸爸又不負責任，小孩子有一餐沒一餐的餓得皮包骨，因為離家近，我請她每一餐都過來吃飯。

教學的過程中，我發現小朋友對寫作文充滿了畏懼和排斥，於是我絞盡腦汁研究如何引發小朋友閱讀和寫作的興趣，我帶著小朋友吟誦唐詩宋詞，引導他們大量閱讀；啟發他們思考、想像、聯想的能力；更帶著他們走遍山巔水湄，諦聽蟲鳴鳥叫，感受水流的衝擊及沁心的清涼，觀賞雲朵的變化，接受陽光溫暖的撫觸，聆聽樹液慢慢高升樹身慢慢增長的聲音……；我還在學校的空地上開闢了菜園，帶著小朋友種豆子，觀察豆子的成長，把豆子擬人化，想像自己是豆子的爸媽，天天和豆子說話，引導小朋友「感謝天，感謝地，感謝父母師長，感謝每一個人、每一個日子……」，天天寫著豆豆觀察日記……之所以如此不厭其煩的引導，是因為我一直相信教育必須植根於生活的沃土上，方能繁花絢爛；一直認為大地是教室，放孩子於廣博厚道的自然國度中，他們就會變得廣博寬厚。此外，我一直不停歇地為小朋友創作有關修辭、寫作、創造思考、生命教育的學習單，並引領小朋友習作。

事實證明我的努力沒有白費，小朋友對我的引導都能心領神會，也開始熱愛寫作，他們的文章常常刊載於國語日報、兒童日報或校刊，最高的紀錄是有一個廿七人的班級，文章被刊載過的有廿一人。指導過程中，小朋友毫不僵化、如天馬行空的想像，更是令我嘖嘖讚嘆、欣喜異常，不僅碰撞出我靈感的火花，更激盪出深刻的美麗與感動。於是我提筆將許多的教學引導、心得和小朋友的回饋寫了出來，希望對作文教學能貢獻一點棉薄之力。這些文章起先發表於新講臺雜誌《作文教學任我行》專欄，之後，我將文章放置在 XUITE 部落格《作文教學文章》一欄，沒料到點閱人數超過卅二萬人，「所以出版社」的負責人找到了我，於是《愛上作文：學會想像、思考、書寫、表達》一書於焉問世，恩師陳光憲教授、王邦雄教授和張輝雄校長都慈悲的為本書寫了推薦序。

一九八九年，我再度考取了臺北市立師院語教系，那是特地為在職教師進修所開的課，利用四個暑假修完大學課程。那四個艷陽肆虐的夏天，坐在課堂中聽課的我們揮汗如雨，然而我們的臉上卻漾著微笑，內心更是一片虔敬與清涼，因為，我們正享受著「春風」的吹拂，而那樣的春風來自於巍峨、莊嚴的師院殿堂，來自於「以其昭昭使人昭昭」的師長，來自於古聖先賢的智慧啟發，來自於同學之間真誠懇摯的友誼。

東漢的揚雄，在《法言》一書中，提到孔子與顏淵的關係時，他用了一個十分令人驚心動魄，令人神往的字眼——孔子鑄顏淵的「鑄」字。若無仲尼，樂天知命的顏淵也許仍只是不遷怒不貳過，一簞食、一瓢飲的度過一生；但是仲尼指引了他方向、給了他行為準則，更給了他最適切完美的陶鑄，早夭的顏淵方能在短短的生命中，活出生命的莊嚴和光彩。在師院就學的四個暑假中，碰到的師長亦給我有如「鑄」之幸運、欣悅的感受，當然，我不敢自比為顏淵，但是，從師長的言行及諄諄教誨中，我亦得到莫大的助益。他們有的如和風甘露之溫存，有的如泰山喬嶽之高卓，有的如皎月懸空之明淨，有的如汪汪萬頃波之量度，再再給我無限的啟迪，給我可供模倣的人間典型。陳光憲教授即是彼時對我影響極為深刻之恩師，恩師常說：「一個人的態度確定一個人的高度，我期望學生要有外在的亮麗高雅，也要有內在的智慧理智，要有容人的雅量，也要有自省的功夫。」這是何等睿智、何等擲地有聲的期許和鼓勵啊！對身為教師的我們更是最適切完美的陶鑄。而上文心雕龍知音篇時，我看到「會己則嗟諷，異我則沮棄，各執一隅之解，欲擬萬端之變，所謂東向而望，不見西牆也。」這段發人深省的雋語，一時令我慚惶得淚涔涔而汗濟濟，但亦隱然挾著一股清涼，引發我生命中最深沈的躍動，將我狹隘的心靈引向一片海闊天空。從彼時起，這條雋語就銘刻在我的心版上，時時敦促我、提醒我：世間的萬事萬物，莫不在各自的因緣中恰到好處的呈現，因此，不得以一己之好惡、標準，加以評判、菲薄，應普同尊重，普同欣賞。

經過了四個暑假的豐富洗禮，我的生命有了不同的視景，不同的步調，不同的情懷，走著走著，也漸漸的把自己走成一個不同的人。是誰說過：「教育無他，唯愛與榜樣而已」？執教十多年來，我帶領著無數的學生走過險灘，穿過風雨，迎向天日，除了憑藉著一股對教育的熱誠和喜好外，自己念茲在茲所堅持的即是「愛」，因為這個「愛」字，十多年來，我無怨無悔、孜孜矻矻的傾囊相授。然而，「愛」的實踐和顯現，有各種不同的形貌；「愛」的感受和體驗，也有各種不同的觸發。而這樣的體悟，即是在師院受教的日子中逐漸萌芽孳長的。年輕的時候，豪氣干雲、熱血澎湃，常夢想鼓動一季的際會風雲，夢想領出一代的風騷，由於求好心切，教導小朋友的時候，若達不到預定的要求，難免常有恨鐵不成鋼的焦慮；但在師院師長的琢磨、潤澤下，昔日的豪情壯志已旗偃鼓息了，取而代之的卻是更加任重而道遠的使命，我真正的了解到：「公園裡，要有蓊鬱的大樹矗立，要有優雅的花朵點綴，要有茵茵的綠草鋪地，才成其美麗。不管是大樹、是花朵、是綠草，都同樣重要，都缺一不可。」也深刻的體悟到：教師當前的任務，即是成為每一個學生的美好助緣，讓大樹能蓊鬱矗立，讓花朵能優雅綻放，讓綠草能茵茵鋪地。因此，我不再好高騖遠，我樂於做一位小學老師，也願盡力做一位小學老師。我自詡是涓涓的溪流一淺，輕緩、平實、綿綿，且流長……

一九八九年，我遇見了中華原始佛教會的導師隨佛禪師，禪師光風霽月、堅毅正直、重情重義、智慧過人，強調「遠離俗念，戮力實踐，老實修行」的學風，弘法化眾唯以經教、禪法，不談高論與俗務，說法率直、懇切，待人真實、慈悲，戒、禪精勤。禪師及他所創辦的中道僧團師父們都嚴守佛陀的戒律，刻苦自勵，既不受取、不積蓄、不使用錢財，也不用淨人。除經律、缽、具、袈裟及少許文具、貼身衣物外，身無餘物。但師父們都安貧守道，為傳續佛陀聖教而無怨無悔、而樂此不疲、而勇猛精進。

禪師引導學眾：如實的觀待萬法，如實的面對自己，如實的活出當前的生命。蓋真理一直毫無保留的呈顯在我們的眼前——蒼蒼翠竹，鬱鬱黃花．無非般若；滔滔巨浪，涓涓細流，盡是真諦。但因無明故，眼見若盲，耳聽若聾。因此，真理之道並非是發現新大陸，只是看清楚眼前的世界，明白當前生命的內在，深刻圓正的導正淨化自我於當前，如此，即能衝破煩惱的牢籠，掙脫生活裡種種愛恨情仇與是非糾葛的繫絆；如此，生活才有無窮的空間，生命方萌無限的生機；也唯有如此，人才是在履踐「活」的生活，體現「生」的生命。

而佛陀所謂的「無明」，並非是坊間所謂「無始劫以來就有」，而是在我們「『眼色、耳聲、鼻香、舌味、身觸、意法』為緣的當下，不如實觀因緣，以致對當前的『眼識、耳識、鼻識、舌識、身識、意識』起了貪愛所致。」

因此，禪師不斷的引導著學眾如何開啟活眼、活耳、乃至活心，去發現更完整、深層之世間與自我之內容，再以客觀、務實之態度邁向自我之省覺，成為在世間之活人。禪師告訴大家：修行，即是透過內在深刻的自省，勇敢的迎向生命的錯謬。修行不是今天比昨天學得更多、做得更多，而是今天比昨天錯得更少。

禪師曾說過：「世上的聰明人做成功的事，而厚直的人、覺醒的人做感動人的事。」禪師也曾說過：「中道僧團的僧眾們身上一毛錢也沒有；但是我們有一條命。」卅一年來，我看著禪師不惜身命，不忍聖教蒙塵，不捨眾生黯苦，探究繁浩，匡正去邪，終還世尊教法原貌；看著禪師篳路藍縷，步步艱辛，苦口婆心，忍辱負重，精勤不懈的引領眾生知苦離苦。我看到禪師及僧團師父們一直在做感動人的事，他們的那「一條命」一直在輝煌的燃燒，只為了在苦難的人間，點燃一盞一盞的燈，點亮一個一個新的生命！

我是深深被感動了！不僅因為禪師種種瑩然映目的清雋法語與慈悲教導，讓我目為之明，耳為之聰，神為之凝，思為之深；更被禪師這個人的言行、作為、風骨所深深感動。於是，我因為「感動」而追隨；因為「感動」而砥礪自己要好好學習；因為「感動」而督促自己也必須盡一己之力，做能做、當做、該做的事。卅一年來，我一直默默的在中華原始佛教會裡幫忙寫文章、寫弘法紀實和報導、為《正法之光》雜誌審稿和潤飾、並寫梅花映月專欄。我深深的感恩禪師，讓弟子一直沐恩於法的光明中。

我其實是個懦弱、羞怯、愛幻想、不務實際兼又感情用事的女子。但學了佛法之後，我整個人大大的改變了，我不再感情用事，面對事情時，我會冷靜的思考、理智的面對，我會努力「知其然，也知其所以然」，然後勇敢的面對困難、解決困難；我不再害怕挫折，也不耽溺於美好，因為「任何的挫折，只是當時的處境，不是人生的困境；任何的美好，只是生活的過程，不是一生的收成。」

我也不再幻想，我知道「耕耘現在，勝於堅持期待」，因為「有！是實情；無！是心情。」我終於體悟：「人不因生活的際遇而莊嚴，因坦然承擔而莊嚴」；亦了知：「花不只在精緻的花盆裡方能綻放；牆角邊，人煙絕跡的荒野裡、乃至垃圾堆中，只要因緣具足，亦能綻放。而花的綻放不是為了要給人家觀賞，不是為了任何理由，但是只要處在花周遭的人，都自然的能看到它的美麗，能聞到它的芳香。」總之，佛法讓我漸漸的看清自己的盲點錯謬，也讓我的人生越走越勇健踏實。二〇〇三年從教職退休後，我更是全心投入佛法的修學和寫作，因為我深知：佛法是最徹底的生命教育，祂能幫助人們遠離苦厄，並且活出莊嚴、活得平安。

日居月諸，回顧數十年的心路歷程，所謂「卻顧所來徑，蒼蒼橫翠微」，自是涓滴在心、感恩滿懷。我深深的感恩父母的生養撫育、感恩師長的陶鑄提攜、感恩家人的同甘共苦、感恩學生、感恩所有識與不識之人；我更感恩佛陀、感恩佛法、感恩隨佛禪師與僧團師父，是他們引導我去了解、體會生命的真諦與平安。我下定決心：「我會盡己之所能，在每個當下，做能做、當做、該做的事，直至生命的最後一刻」，因為我曾經不斷的接受來自四面八方瑩然映目的遠水挹注，亦願於每個當前不停輟的將此清泉欣然地流向其他心田。

作者簡介

謝淑熙

學　　歷—臺北市立大學中國語文學系博士

曾　　任—國立中壢家商國文科專任教師兼圖書館主任、臺北市立大學通識中心兼任助理教授、私立新生醫專通識中心兼任助理教授、私立實踐大學通識中心兼任助理教授。

現　　任—國立臺灣海洋大學共同教育中心兼任助理教授、中華文化教育學會秘書長。

得獎榮譽—一九九二、一九九六、一九九八、二〇〇四、二〇〇五學年度獲中華民國商業職業教育學會教育徵文比賽第一名、一九九三年獲中華民國商業職業教育學會優良著作獎、一九九四年度獲教育部中學人文及社會學科教學優良獎、一九九七、一九九九、二〇〇〇、二〇〇一、二〇〇二、二〇〇三、二〇〇七學年度獲中華民國商、業職業教育學會教育徵文比賽第二名、二〇〇四年度獲桃園縣 Super 教師薪傳獎、二〇〇九年獲桃園縣社區大學客家語言與生活文化學術研討會績優論文獎、二〇一〇學年度第二學期獲臺北市立教育大學績優通識教師獎、二〇一三年獲中華民國商業職業教育學會菁師獎、二〇一四年獲國際易學大會論文評鑑為「日新獎」、二〇一九年獲國際易學大會論文評鑑為「知機致恭獎」。

著　作——《道貫古今——孔子禮樂觀所蘊含之教育思想》、《過盡千帆——向文學園地漫溯》、《不畏浮雲遮望眼——回首教改來時路》、《黃以周《禮書通故》研究》、《禮學思想的新探索》、《研閱以窮照——閱讀教學的新意義》、《臺灣客家禮俗文化新探索》等書，發表期刊論文與學術研討會論文共五十餘篇。

啟動經典閱讀教學的新契機——以《論語》教材為例

謝淑熙

壹　前言

教育是傳遞知識、培育人才、促進社會進步的原動力。教育的傳承，不能偏促一隅，必須旁搜遠紹；教育的滋長，不能率由舊章，必須與時推移，而成為切合時代潮流之文化慧命。英國牛津大學副校長黎芬司東（Livingstone）在他所著《一個動盪世界的教育》一文中說：「教育應以養成德操為第一要務；而德操的養成在使學子多看人生中偉大的事情，多識人性中上上品的東西。人生和人性的上上品，見於歷史和文學中的很多，只要人們知道去找。」的確，如何讓青年學子了解中華文化，而不致數典忘祖，就必須培養學生閱讀經典古籍：四書、五經、唐詩、宋詞、元曲等的興趣，教師必須使學生對中華文化的寶典由「知之、好之」而提升到「樂之」的地步，經典閱讀教學，從解讀範文到智能的啟發、情意的陶冶，並不是立竿見影的事。不過學生在耳濡目染下，的確可以從潛移默化中，樹立正確的人生觀及優美的情操，因此在國文教學中，不可忽視經典閱讀教學的功能。透過經典作品生動有趣的題材、發人深省的主題、及深刻感人的意境，以開拓學生的新視野，陶冶其閱讀品味，並提升其文化層次，進而培養學生終身學習的能力。

從《論語》中，可以見到孔子（西元前五五一～四七九年）與弟子們的嘉言與懿行，禮儀或行為規範的學習，是孔子指導學生德行修養的重要一環。在待人接物上，所顯現的謙恭與從容的禮儀，讓我們能夠見賢思齊，修養高尚的品德，以陶冶身心、改變氣質，所以孔子說：「不學禮，無以立。」（《論語．季氏篇》）教導學生要通過優美的文化形式，來樹立人格修養的目標。孔子教導學生，在人格修養的過程中，以德行為本，文學為末；孔門四科：「德行、言語、政事、文學」（《論語．先進篇》）。孔子四教：「文、行、忠、信」（《論語．述而篇》），以文為始，而終以信，這是站在教育的方式上說的，教育的目標還是歸於道德的實踐。孔子教導學生以詩、禮、樂培養完善的德行，詩可以鼓舞人的心志，使人興起向善的情操；禮是一個人立身處世的基礎，使人行為端莊合宜；樂可以陶冶人的心性，建立完美的人格。閱讀《論語》可以培育學生的人文素養，孔子的教育方針因材施教，可以掌握學生的動向；循循善誘，可以使教材、教法生動活潑，以引發學生的學習興趣；創意思考教學的啟發，可以提升學生對問題的思辨能力。

貳　經典閱讀教學的新契機

經典的義涵，可以溯源自南朝劉勰（西元四六五～五二〇年）《文心雕龍．宗經篇》所說：「經也者，恆久之至道，不刊之鴻教也。故象天地，效鬼神，參物序，制人紀，洞性靈之奧區，極文章之骨髓者也。」說明經書銘記了人世間，永恆不可改易的偉大言論，與生民的寶貴知識。透過經典閱讀教學，可以引領學生開啟古今文學的堂奧，在古聖賢哲的經典話語中，開拓學生的新視野，陶冶其閱讀品味，激勵終身學習之意志，進而培育人文素養，以塑造高尚的人格。

根據美國教育家豪爾．迦納博士（Dr. Howard Gardner）在一九八三年出版了「智力架構」（Frames of mind）一書，提出多元智慧論，認為人類具有語文智能、邏輯數學智能、空間智能、肢體—動覺智能、音樂智能、人際智能、內省智能、自然觀察者智慧等八項智慧。（李平譯，一九九九；郭俊賢，陳淑惠譯，二〇〇〇）茲依據豪爾．迦納博士八項智慧標準，來推動閱讀《論語》教學，以培養學生的多元智能的教學目標，如下：

一　語文智能（linguistic intelligence）

有效運用口頭語言和書面文字以表達自己想法和了解他人的能力。包括把語言的結構、發音、意思、修辭和實際使用加以結合，並運用自如的能力。語文智能是國文教學的首要目標，期盼經由《論語》文本中，字詞文義的分析、義理的闡述、延伸閱讀等教學方針，以提升學生的語文智能，進而對儒家學說有更深入的理解。

二　邏輯數學智能（logical-mathematical intelligence）

有效運用數字和推理的能力。包括能計算、分類、分等、概括、推論和假設檢定的能力，及對邏輯方式和關係、陳述和主張、功能及其他相關抽象概念的敏感性。透過《論語》中孔子與弟子經典的對話，與豐富的文化涵養和多元情境的刺激，以發展學生邏輯推理的智能。

三　視覺空間智能（spatial intelligence）

能以三度空間來思考，準確的感覺視覺空間，並把內在的空間世界表現出來。這種求知的方式是透過對外在的觀察（運用肉眼）與對內在的觀察（運用心眼）來達成。透過《論語》中孔子以啟發式的教育方法來教導學生的主張，可以引導學生深入探討學問的真諦。

四　**肢體動覺智能**（bodily-kinesthetic intelligence）

善於運用肢體來表達想法和感覺，運用身體的部分生產或改造事物。喜愛具體的學習經驗，包括特殊的身體技巧，如彈性、速度、平衡、協調、敏捷，及自身感受的、觸覺的和由觸覺引起的能力。透過《論語》文本孔子與弟子的對話，可以增進學生動覺智能的表達能力。

五　**音樂智能**（musical intelligence）

能覺察、辨別、改變和表達音樂的能力。包括對音調、節奏、旋律或音質的敏感性，及歌唱、演奏、作曲、音樂創作等能力。透過《論語》文本，可以了解孔子重視音樂教化，並且認為禮樂教化，能促進人際關係的和諧圓滿，是人格修養的憑藉，更是君王感化人心，化民成俗，樹立德範的基石。

六　**人際智能**（interpersonal intelligence）

覺察並區分他人情緒、動機、意向及感覺的能力，即察言觀色、善解人意。包括對表情、聲音和動作的敏感性，辨別不同人際關係的暗示，對暗示做出適當反應，以及與人有效交往的能力。儒家的經典，猶如「生生不已，源泉滾滾，沛然莫之能禦」的活水，涵詠其中（林安梧，二〇〇〇），不但可以契入知識的融通，更可以培養美善的人格。透過《論語》文本，可以了解孔子教導學生以「忠恕」二字（《論語・衛靈公篇》），作為進德修業、立身處世的基石。

七　內省智能（intrapersonal intelligence）

正確自我覺察的能力，即自知之明，並依此做出適當的行為，計畫和引導自己的人生。包括了解自己的優缺點，認識自己的情緒、動機、興趣和願望，以及自尊、自省、自律、自主、達成自我實現的能力。透過《論語》的教材，可以見到孔子指導學生德行修養上要做到「見賢思齊，見不賢而內自省」（《論語・里仁篇篇》）以修養高尚的品德。

八　自然觀察者智能（naturalist intelligence）

對生物的分辨觀察能力，如動物、植物的演化；對自然景物敏銳的注意力。這種求知的方式是透過和大自然的接觸，包括欣賞和認識動植物、辨認物種的成員等。透過《論語》的教材，可以見到孔子勉勵弟子研讀《詩經》，並且說：「詩可以興，可以觀，可以群，可以怨；邇之事父，遠之事君；多識於草木鳥獸之名」（《論語・陽貨篇》）孔子重視詩教，並且引導學生觀察自然的能力，認識許多草木鳥獸之名。

綜合上述，可知在經典閱讀的教學天地裡，我們心湖深處，有名山的靈秀，大川的浩蕩，孕育得我們雄姿英發。孔子的機智，孟子（西元前三七二～二八九年）的雄辯，世代相傳，與日月同光。古聖先賢的智慧結晶，猶如長江水滾滾東流，灌溉我們的家園，潤澤充實我們的文化，使中華兒女的慧力定見，在高度文明的國家中首屈一指。中華文化源遠流長，博大精深，深植於每一個人的思想與生活中。儒家學說體用兼備，更是傳承中華文化之中流砥柱。

參　落實經典閱讀教學——以《論語》教材為例

橫邁古今，跨越西東，學習的天空，是無限的寬廣，兩千多年前，孔子以「有教無類、誨人不倦」的精神，引領莘莘學子，悠遊在古籍經典的源頭活水中，期許莘莘學子勤啟良書卷，以智慧的言語、經典的話語，來陶冶心性及增長見聞，進而提升自己的德業修養，更樹立了以儒家思想為主流的中華文化。德國哲學家黑格爾（Georg Wilhelm Friedrich Hegel, 1770-1831）說：「經典是永恆的，因為它會不斷激起讀者心靈中的理念典型。」這的確是深中肯綮的言論。茲述《論語》教材，對現代教育之啟示，如下：

一 創意思考教學的啟發

春秋時代，許多有志向學的青年學子，帶著簡單的行囊及一束肉乾，不畏路途的迢遙，抱着「有朋自遠方來，不亦說乎」（《論語・學而篇》）的理念，到魯國山東曲阜孔家村來拜師學習。在一片松柏蓊鬱的杏壇裡，傳來琅琅的讀書聲，一位令人「望之儼然，即之也溫，聽其言也厲」（《論語・子張篇》）的博學鴻儒，正在講堂上為學生們講授「仁道」的旨趣為何？弟子們正全神貫注的在聆聽孔子所傳承的義理，並且讓學生提問，一向不違如愚，卻有聞一知十才智的顏回，首先提問，接著子張、子貢、樊遲都提出「實踐仁德的方法為何？」孔子一一為弟子們解答疑惑，並且不一其辭。孔子以「克己復禮」、「愛人」（《論語・顏淵篇》）來詮釋「仁」的真諦。

綜觀《論語》中孔子所敘述的「仁」，包含孝弟、不巧言令色、克己復禮、對人恭敬、做事敏捷、施惠給人……等美德，幾乎涵蓋人類各種德行的表現，從為人子女孝順父母、友愛兄長做起，孝弟是行仁的根本，勉勵仁者要從根本下功夫；在言談舉止上，不說花言巧語、不以諂媚的態度待人處世；更重要的是沒有仁德之心的人，即使有高雅純正的禮樂教化，也無法改變他的言行修為，足證孔子認為仁是所有善行的根源。由上述可知，「仁」潛藏在每個人的內心深處，是不假外求的，是每個人內在品德涵養的結果，並且照亮整個中國族群。

因材施教，可以掌握學生的動向；循循善誘，可以使教材、教法生動活潑，以引發學生的學習興趣。創意思考能力的啟發，是學校教育主要目標之一，早在二千多年前，我國至聖先師孔子在《論語》一書中便說：「學而不思則罔，思而不學則殆。」（《論語．為政篇》）宋儒程頤也說：「博學、審問、慎思、明辨、篤行，五者缺一不可。」（《中庸》）這是勉勵學生求學時務必學思並重，教育家杜威（John Dewey, 1859-1952）也說：「學由於行，得由於思。」強調優良的教學貴在能培養學生良好的讀書習慣，以及獨立思考的能力。發問技巧與思考教學有密切的關係，因為發問之後，學生作答須運用心智去尋求答案，這也就是孔子所說的：「不憤不啟，不悱不發，舉一隅，不以三隅反，則不復也。」（《論語．述而篇》）因此每位教師要突破傳統注入式教學法的瓶頸，運用創造思考教學法，來提升學生對問題的思辨能力。

二　終身學習的典範

「有教無類」、「因材施教」的教育理念，彰顯孔子對教育理想的執著。孔子一生淡泊名利，終日孜孜不倦於治學與教學上，他自己曾說在進德修業上的歷程是循序漸進，孔子說：「吾十有五而志於學；三十而立；四十而不惑；五十而知天命；六十而耳順；七十而從心所欲，不踰矩。」（《論語・為政篇》）孔子從十五歲開始就發憤圖強，立志向學，一直到七十歲的的隨心所欲，不踰越法度。可見孔子一生於自我之進德修業是努力不輟，好古敏以求，並且以「學而不厭、不恥下問」的態度去學習各項新知，以開拓自己的知識領域，最後成為感通人類、洞明世事、潤化萬物的一代大儒，所以孟子推崇孔子是「聖之時者也」（《孟子・萬章下篇》）。

孔子並且說自己在鑽研學問上，已經達到廢寢忘食的地步，也忘卻自己老之將至，從孔子研讀《易經》到韋編三絕的境界可以得到佐證，孔子堪稱終身學習的最佳典範。弟子們在孔子「學而不厭，誨人不倦」（《論語・述而篇》）的精神感召下，都能認真學習，並且學有所成。

在知識經濟蓬勃發展的時代，唯有提高人力素質，才能迎接各項挑戰與開拓新局。要提昇國民的素質，拓展宏觀的視野，以培養開闊的胸襟，首要之途就是要灌輸青年學子終身學習的理念，莊子說：「吾生也有涯，而知也無涯。」所以學識的獲得是永無止境的，若一個人在工作之餘，不忘記「日知其所無，月無忘其所能」（《論語・子張篇》），學識必定是日益精進的，對自己所從事的職業定有莫大的助益。因此學校教育的願景，應該以科技與知識為經，以全民學習為緯。人人以活到老，學到老的精神，激發自己的潛能及創造思考力，來建立終身學習的社會為鵠的。

三　美善人格的彰顯

教育的熱忱，促使孔子開創私人講學的風氣，並且推動學術大眾化的目標：一方面是為實現仁政德治的理想，進而培養才德兼備的治世能人；另一方面是教人立身處世之道，就是要加強倫理道德思想，以促進自我修養的工夫。所以孔子說：「興於詩，立於禮，成於樂。」（《論語．泰伯篇》）「詩」、「禮」、「樂」是孔子平日教導學生的重要教材，並且說：「入其國，其教可知也。其為人也溫柔敦厚，《詩》教也；疏通知遠，《書》教也；廣博易良，《樂》教也；絜靜精微，《易》教也；恭儉莊敬，《禮》教也；屬辭比事，《春秋》教也。」（《禮記．經解篇》）。因此孔子也以「不學禮，無以立；不學詩，無以言」（《論語．季氏篇》）來勉勵兒子，由此可知，經由經典的啟發，可以契入知識的融通，在佈乎四體，行乎動靜後，可以培養美善的人格特質。

孔子在休閒時，喜歡與弟子們閒話家常，傾聽弟子抒發個人的抱負，在《論語．先進篇》中，敘述有一天子路、子貢，公西華侃侃而談自己的志向，當時正在一旁彈琴的曾點，也表明心志，描述出「浴乎沂，風乎舞雩，詠而歸」的情景，暮春三月，春暖花開，五六個成人與六七個童子結伴出遊，到沂水邊洗澡，到舞雩下乘涼，沐浴著溫暖的陽光，欣賞大自然的美景，然後大家一起唱著歌回家，這是一幅多麼吸引人的春遊畫面，顯現出安寧平和的世界，與孔子主張「仁」的道德情境相符合，因此孔子由衷的讚許曾點「澹泊以明志，寧靜以致遠」的人生境界。

《禮記．樂記篇》上說：「安上治民，莫善於禮；移風易俗，莫善於樂。」可見自古以來，健全的體魄，寓於健全的心靈，在靜態方面，可經由藝術、文學、音樂等交流活動，以陶冶心性，充實生活內涵，增加生活情趣。在動態方面，可以走出室外，接觸大自然，藉著登山、郊遊、旅行等活動筋骨，擴展視野，嘯傲於青山綠水間，可以滌盡煩憂，學習山的包容與海的豁達，進而使身心保持平衡，情感理智得到和諧發展，重新燃起奮發向上的生命力，以開創人生的光明面。

四　人文關懷的落實

人文的關懷，是維繫倫理道德的基石。因此孔子教導弟子，父母在世時，為人子女就要冬溫夏凊、昏定晨省，克盡孝道；到父母離開人世，要依照世俗的禮節來安葬他們、來祭祀他們，這也就是《禮記．禮運篇》上所說：「禮義也者，人之大端也……所以養生送死、事鬼神之大端也。」說明禮義是每個人立身處世的根本，人類以禮義為推動道德的原動力，它維繫了人類良好的人倫關係，使人們養生送死都合乎禮節。由此可見，禮義是維繫人倫社會的圭臬。儒家所談的禮不但通於道德，更包括了祭祀之禮，也是孝道的延伸與擴大。

曾子說：「慎終追遠，民德歸厚矣。」（《論語．學而篇》）「慎終」的意思，就是為人子女要以敬慎的心情，去辦理父母的喪事；「追遠」，就是後代子孫要以不忘本的心情，去祭拜歷代的祖先。不管是喪葬或祭祖，都是追懷祖先德澤的孝道表現。孔子說：「吾不與祭，如不祭。」（《論語．八佾篇》）說明孔子在祭祀祖先時，以虔誠恭敬的態度及敬畏的心情投入祭祀中，好像祖先「洋洋乎如在其上，如在其左右」（《中庸》），肯定已去世的祖先，仍然如一般人真實的存在於人世間，可以福佑子孫，表示孝子不忘本，一舉足不敢忘記祖先的恩德，一出言不敢忘記祖先的存在。有這樣的孝思，上行下效，社會的風氣定會日趨於純樸篤厚，不但能夠興起仁愛的風氣，也能夠讓後代子孫在戒慎恐懼中，體認生命存在的價值。

五　公民教育的提昇

孔子說：「弟子入則孝，出則弟，謹而信，泛愛眾，而親仁，行有餘力，則以學文。」（《論語・學而篇》）如果在學習上，道德與知識無法兼顧，就應該以道德為先，所以說「行有餘力，則以學文。」說明孔子禮樂教化的精神內涵就是「仁德」，而「禮」可說是人活在這個世界上所依存的一個規範，「樂」是美化心靈的催化劑。通過禮樂教化的薰陶，可以喚醒人們道德的自覺，以提升學生具有公民教育的專業素養。使得學生在家能夠孝順父母，友愛兄弟姊妹；在校懂得尊師敬長，友愛同學；離開學校，踏入社會上能奉公守法，敬業樂群，這都是孔子禮樂教化，點燃了人們生命的善性，進而照亮社會人心，以落實人文的關懷。

《中庸》上說：「知、仁、勇三者，天下之達德也。」孔子說：「智者不惑，仁者不憂，勇者不懼。」（《論語・子罕篇》）說明凡是三德兼備的人，就可以稱為人格完美的君子。儒家教育學生，也就是以培養三達德為目標。因此孔門以「禮、樂、射、御、書、數」六藝為教材內容，以「禮樂」培養仁德，以「射御」培養勇德，以「書數」培養知德，目的就是希望學生具有完美之人格。德化禮治是人文教養，開發人性自覺向善的根源，進而能夠聞善能徙，改過遷善，也就是使天下人民有羞恥心，而能修養完美的人格，實踐仁義道德。孔子說：「君子不重則不威，學則不固。」（《論語・學而篇》），以及大學上所說的：「格物、致知、誠意、正心、修身」的一貫道理，都是在告訴我們，一切做人的道理必須從自我做起，然後才能推己及人。人人心地純正，國家自然有光明的前途，人民才能生活在安康幸福中；反之，社會紊亂，是非不明，真理不彰，失去公平正義，人民必定生活在煩惱的深淵裡。可見孔子的禮樂教育思想，蘊涵著公民教育的理念。

肆　結論

儒家思想是中華文化的主流，自孔子、孟子建立了完整體系以後，迄今已歷兩千餘年。在世界文化史上，一直居於重要地位。美國現代歷史哲學家杜蘭博士（DR. Will Durant）在他所著《Our Oriental Heritage》一書中說：「中國歷史可以孔子學說影響來撰述。孔子著述，經過歷代流傳，成為學校課本，所有兒童入學之後，即熟讀其書而領會之。此一古代聖哲的正道，幾乎滲透了全民族，使中國文化的強固，歷經外力入侵而巍然不墜；且使入侵者依其自身影響而作改造。即在今日，猶如往昔，欲療治任何民族因唯智教育以致道德墮落，個人及民族衰弱而產生的混亂，其有效之方，殆無過於使全國青年接受孔子學說的薰陶。」這一段深中肯綮的言論，證明孔孟學說中的倫理道德，的確具有新時代的意義。我們可以從《論語》、《孟子》、《大學》、《中庸》四書中，了解到儒家學說不僅具有完整的理論體系，而且提示了切實可行的為人治事的原則。

在《論語》一書中，蘊涵著孔子的教育思想，傳承著瑰麗的儒家文化，我們隨著孔子的足跡，踏上這趟文化之旅，讓我們見到中國文化「宗廟之美，百官之富」的堂奧。「天不生仲尼，萬古如長夜」（宋・強幼安《唐子西文錄》），至聖先師孔子猶如一顆慧星，照亮中華文化的前程，開啟我國私人講學的先河，奠定了儒家學說的理論基礎，而孔孟學說更是垂教萬世的金科玉律及為人處世的典範。德國大哲學家康德（Immanuel Kant, 1724-1804）強調：「好教育即是世界上一切善的泉源。」的確，在因應未來更具開放性與多元化的社會發展趨勢，要想使青年學子了解中華文化，而不致數典忘祖，就必須培養學生閱讀經典古籍的興趣，給予他們倫理道德的涵養，以樹立正確的人生觀及優美的情操，進而提昇學生的人文素養。

作者簡介

易理玉

現　職─國立臺灣師範大學國文學系講師、東吳大學中國文學系講師。

曾　任─北一女中、新店高中教師。任教高中廿四年，獻身高中、高職教科書編撰及總召十七年、擔任教育部國文學科中心小組長八年，協助諸多研習及主題研發、受邀各省縣市推廣創意教學與文化經典，擔任示範教學及教師研習講座、擔任臺北市、新北市國語文競賽指導教師廿六年，暨全臺語文競賽演説組評審及命題、受邀臺灣大學、東吳大學，指導師資培育生精進教材教法，並擔任教案獎評審、受邀中華書局至北京、長沙、廣州、肇慶、北京大學、昆明大學講堂分享經典教學講座、受邀福建師大至武夷中學進行項脊軒志同課異構教學示範、受邀寧波教育局至鄞州中學進行白馬湖作家同課異構教學示範、擔任中華文化教育協會主辦兩岸高中教學觀摩點評人、擔任聯合報兩岸三地中小學作文大賽命題及評審、擔任新北市主辦全臺「閱讀聚會：跨界新想像」閱讀講座、獲頒趙廷箴文教基金會第七屆全臺高中優良國文教師獎、獲頒中和市、新店市優良教師，臺北縣語文教育貢獻殊偉獎、全臺中學教師國語演説組第一名、全臺中學教師國語朗讀組第三名、二〇一五年獲臺北市特殊優良教師獎、Super教師評審團特別獎、全國Super教師獎、師鐸獎。

參與工作｜萬卷樓《高中國文古典文選》合撰、晟景出版社《當你遇見他們的故事》、字畝出版社《青春共和國》「春風化雨」專欄主筆、南一出版社「九五課綱《高中國文教科書》」編撰委員、翰林出版社「一〇一課綱、一〇八課綱《高職國文教科書》」總召、教育部《文化基本教材學庸課本》審修、翰林出版社《閱讀新試》、《新寫來朝》合撰。

四 永遠的金牌教頭

易理玉

說實話，我從不曾繳過學費、踏進教室上光憲教授五十分鐘的任一堂課，卻衷心拜服在光憲教授的學識與人品下，黏著教授，十年來一路開開心心的「老師」長、「老師」短，喊得響亮，喊得親切，喊得歡欣滿滿。

國語演說家族永遠的金牌教頭

是的，如果你曾經榮獲臺北市國小、國中、高中、教師、社會組國語演說的第一名，走進太平國小演說精進營，你馬上會被這位滿臉笑容、出口成章、永遠正能量飽滿的煦煦長者瞬間吸引。

臺北市的演說家族是全國語文競賽的常勝軍，多年來常勇奪全國演說項目的總成績冠軍，你猜致勝的關鍵祕訣究竟是什麼？答案是——光憲教授的金牌巧克力！

每年全國語文賽授旗出征前，光憲教授總以聖誕老公公的姿態，紅撲撲的雙頰，笑瞇瞇的眼眸（就只差個胖嘟嘟的身材了），從他的百寶箱掏出一袋袋閃閃發亮的「金牌」，逐一發給國語演說組的選手們，既肯定這些演說家族的寶貝們，更同時為所有家族寶貝施魔法——加持祝福。光憲教授十年如一日，他的句句珠璣、他的和顏悅色、他的眼中永遠看見每位選手的特質與優點、他引導選手們信守教頭們的教誨、欣賞教頭們的特色，光憲教授是演說家族教頭中的總教頭，是我們演說家族——永遠的金牌教頭！

全國師鐸獎永遠的金牌教頭

其實，我是個幸運兒，和光憲教授的交集不只緣起於演說指導，更情繫於二〇一五年臺北市特殊優良教師的甄選面談。

每年，臺北市各級學校從幼稚園到大專院校，各校先由各科科內投票薦舉，北市的優良教師不出百位，這些優良教師需再經過由局長、副局、教授、課督等組成的評選委員會針對彙整的薦舉表，當面提問對話，這才遴選出卅位「特殊優良教師」，同時代表臺北市被推舉至全國，看是否能進一步獲得肯定，成為全國每年僅七十二位的師鐸獎得主。

意外的，光憲教授竟然是我出席臺北市特殊優良教師面試的主審官。那天，光憲教授收斂笑容，一臉嚴肅。第一次，我如此震懾於他的敬慎與威儀。老師秉公處理遴選事宜，他以堅定而有力量的眼神，簡潔而俐落的問句，讓面試者在被充分尊重的情況下，引導我們表述在教育園地耕耘的經驗。整個過程，老師始終微微頷首，暖聲致謝。

是的，如果身處古代的科舉考試，主考官與上榜者之間總因此而形成師生關係，於是，您終於知道，我這聲聲句句喊光憲教授的「老師」，是修了多少福報、累積多少慧能才結此善緣。如果光憲老師是歐陽脩、是左光斗，我多麼希望自己能努力成為蘇氏子弟、成為史可法者流，繼志述事，把老師對教育的大愛與無私的奉獻一路傳揚下去。

故事到這兒就結束了嗎？那您可太小看光憲教授的影響力了！其實，在我之前，在我之後，老師前前後後為臺北市遴選特殊優良教師，進而薦舉出去榮獲全國師鐸獎者不勝枚舉。瞧，至此你真的可以確認：老師不只是國語演說家族永遠的金牌教頭，老師更是全國師鐸獎永遠的金牌教頭！

我很喜歡南宋詩人陸游的兩句詩：「何方可化身千億，一樹梅花一放翁。」臺灣教育從國民義務教育到十二年一貫，這之間已歷經多少作育菁莪的變革，然而這塊土地唯一不變的，是教育大愛者對教育的堅持與熱情。回首頁頁教育篇章，前瞻後顧身邊的教育夥伴，我想您一定認同：臺灣的教育史，必然是何方已化身千億，一樹梅花一光憲！

作者簡介

林品妏

現　任｜臺北市芳和實驗國中教師、臺北市語文競賽集訓教師。

榮　譽｜二〇一四年全國語文競賽教師組閩南語演說第四名、二〇一三年全國語文競賽教師組閩南語演說第五名、二〇一五年臺北市語文競賽南區教師組閩南語朗讀第一名、二〇一四年臺北市語文競賽南區教師組閩南語演說第一名、二〇一三年臺北市語文競賽南區教師組閩南語演說第一名。

五 愛與光

林品妏

二〇〇二年我從師大國文系畢業進入教育界，往來的舊友新朋多是因教育而緣集，或短暫際會或並肩遠行，再細究常發現緣分的起點來自其中一、兩個核心人物把彼此繫連在一起。常聽人說教育圈很小，進一步想，其實是教育愛締結的網絡很大，因此大家總會相遇在一起織就的天地裡。

在茫然蒙昧的黑暗中，光是希望的指引，而光源何來？是愛！是以愛做為信仰的人燃燒自己，再一路殷殷播下火種，使薪火不熄、人間有愛。在我的教育生涯裡，陳光憲教授和蔡淑惠老師便是引領我的希望之「光」，提攜我的懿德之「惠」。

努力傳承鄉土文化的蔡淑惠老師是臺北市特殊優良教師。十年前某次臺語研習，簽到時淑惠老師便主動熱情的說：「我的學校就在對面，有需要別客氣哦！」我慶幸當時自己真的鼓起勇氣去請淑惠老師幫忙，之後在她的鼓勵下開始參加語文競賽，從此跟著她的腳步踏上閩南語教育之路。俗諺說「三月痟媽祖」，蔡老師曾說師丈笑她每年下半年就開始「痟臺語」，雖是趣談，但用來形容淑惠老師對培育人才的熱忱已到癡迷不移的境界，是十分貼切的。語文競賽集訓期間，我有幸濡沐她豐厚的學養底蘊，老師教我臺灣文化有語言的真、信仰的善和藝術的美，讓我懂得去愛所在的這塊土地。比賽有爭取榮譽的目標，老師平時待人和氣，慧黠幽默，但訓練時她說必得「刣甲流血、刣甲見骨」明指缺失，務求讓我們在短期內快速充實，上場奪標。她說的嚴厲其實是嚴肅的態度，這種嚴肅的態度反而使人尊敬，使人因敬重她而反身要求自己加倍努力，才配向她學習、才能回報她的付出。淑惠老師教學時嚴肅卻不嚴苛，背後其實是高度的敬業與柔軟的溫暖，有許多人都是受淑惠老師感動而投入語文教育，所謂「望之儼然，即之也溫，聽其言也厲」，仁師便是如此吧！

蔡淑惠老師引我入門，接著串起我和李蕙芳老師的緣分。李蕙芳老師也是特殊優良教師，有十多年豐富的競賽培訓經驗。二〇一六年她萌生交棒的規畫，讓我有機會跟著她學習指導學生。要修改的講稿多達十八篇，其壓力之大，最是艱辛。蕙芳老師行事果斷俐落、即知即行，一拿到講稿就開始動筆、一有想法就找我討論，常撐著身體在半夜苦思改稿，好為學生爭取越多練習時間。等我接下這個擔子，更明白這是需要很強大的自律和堅定的意志才能做到。老師說從前很長一段時間只有她一人獨撐，她也走過來了，除了叮囑我要努力繼往開來，其實更有勉勵、肯定與期許的深意在其中。集訓時她總沒有絲毫怠慢，一到教室就挪好座位，立即要學生輪番上臺練習，如果學生總是在相同的地方失誤，她會嚴詞糾正促使學生自我突破，老師不怠慢，學生自然也不敢散漫。但她並非只有嚴謹的一面，最後一堂課，老師送給每位學生一份親自手書的叮嚀與鼓勵，她指導過的學生常年固定相聚，這是蕙芳老師對教育的愛與責任，維繫著一段又一段綿長的師生緣。

閩南語團隊寶庫裡有另一位得獎常勝軍——林連鍠老師，他幽默的言談中常透出一種不屈的韌性。感謝已屆退休之齡的連鍠老師還願意與我共同承擔集訓工作，他豐富的人生閱歷提供許多演講素材，他的健筆是令人安心的後盾。寫作是燃燒自己的志業，老師筆耕不輟，作品一貫有溫暖的人情與勵志的思想，透過文章傳播對生命與土地的熱愛。

「日月有明，容光必照」，滿懷教育愛的教育家所能發揮的影響力正是如此。陳光憲教授培育的俊秀無數，遍布海內外各界。我雖未受教門下，卻有幸在接受臺北市培訓時得到教授的指點，多年來教授持續鼓勵關懷，點點滴滴我銘感在心。當時教授的指導都化為我日後指導學生的養分。開訓典禮上他勉勵選手們成功的人必做好三項管理：「健康管理、目標管理、時間管理」。結訓時贈予象徵「金牌」的金幣巧克力，用好預兆代表他的祝福。這些我都當成「優良傳統」延續下來。即席演講構思不易，記得教授說：「要講就講自己最熟悉的故事、最感動的事情，演講者要先感動自己才有辦法感動別人。」所以，在探索自己的生命故事時，比賽也就成為生命教育的途徑。往後我也鼓勵學生多寫自己的故事，透過自己的體會讓演講更動人，而比賽結果總有佳績。教授常講本土語言演講要傳達「鄉土味、鄉土情、鄉土愛」，他曾領著我們讀〈最後的住家〉，講馬偕先生一生奉獻臺灣的事蹟；打出臺灣錦鯉知名度的鍾瑩瑩女士，在國外遇到困難時如何自立自強解決難題，還能妙用臺灣文化成功吸引外國人關注；還有生命鬥士謝坤山殘而不廢的堅強……教授還特別強調品德教育是和諧社會的基礎，記得二〇一四年發生黑心油事件，教授說「趁錢有數，性命愛顧」要改成「趁錢有數，『道德』愛顧」，這是他對社會的憂心與關心！

教授深諳激勵後進的心法，總能發現選手的優點，培育出無數語文競賽第一名。教授還說：「一個人要成功，必須有良師益友；非常成功，必須有競爭的對手；成就非凡，必須勇敢的戰勝自己。」讓我們在順境中持續精進，在逆境中勇敢奮起。我第二次挑戰全國語文競賽時因超時一秒而與第一名失之交臂，深夜撰寫誌謝函時我淚流滿面，不能自已。那不是在意得失的懊惱與不甘，而是遺憾不能用榮耀來回報光憲教授及淑惠老師兩位恩師的愧疚。教授在信中溫言慰勉：「『平坦不見得是最好的道路，起起伏伏才有豐富的人生』，只要不斷發揮生命的愛與教育的關懷，就不虛此生。」這些智慧之語，讓我能安定心靈，保持正向與積極的心態。

用生命影響生命的教育談何容易，本身需要多崇高的德性與深厚的修養，才能讓人願意信服追隨？要燃燒自己，需要多豐沛的能量才能照亮別人？光憲教授與淑惠老師、蕙芳老師、連鍠老師，這些傳燈的杏壇前輩在燃燒自己時就證明了他們的恢宏氣度與無私大愛。有愛的生命就有光，有光的生命就有溫暖，有光交互映照的人間，真善美更加璀璨。即使是熒光，我也願努力燃起。

張明玉

現　任─私立再興小學教師

曾　任─公立小學代理教師（六年）、私立小學教師（十五年）

榮　譽─個人專業發展：

八十八、八十九學年度，當選「默默耕耘、教學認真教師」、九十學年度臺北縣三重區國語文競賽社會組作文第三名、九十二學年度臺北縣優質英語多樣性學習活動觀摩靜態展覽特優團隊、九十三學年度臺北縣三重區國語文競賽社會組作文第四名、閩南語研習初階及進階完成、國立藝術大學教育實習輔導教師、一〇七學年度臺北市南區多語文競賽閩南語朗讀教師組第五名、一〇八學年度臺北市南區多語文競賽閩南語朗讀教師組第六名、一〇八年度教育部閩南語認證中級通過、一〇九學年臺北市語文競賽閩南語朗讀組南區第一名、一〇九學年度臺北市南區多語文競賽閩南語朗讀教師組第一名、臺北市第廿一屆教育專業創新與行動研究國小組課程教學及評量類入選。

教學指導：

一〇四學年度新北市多語文競賽國語演說組區賽第四名、市賽第五名、一〇五學年度新北市多語文競賽國語演說組區賽第五名、一〇八學年度臺北市南區多語文競賽閩南語朗讀學生組第四名、一〇八學年度聯合盃作文中年級組佳作、一〇九學年臺北市南區多語文競賽閩南語朗讀學生組優等。

學術著作—《林良童詩於國小國語文教學之應用研究》。

六　口紅的故事

張明玉

蘭蔻完美唇膏三六五號，擦在鐘老師的唇上，更襯出好氣色、好膚色！

煩悶的空氣、枯燥的商業課程，我在水中窒息，呼吸不到氧氣，老師們聲嘶力竭的說著總體經濟、個體經濟、信用狀、外幣匯兌……，而我已經放棄掙扎，坐以待斃。我坐在教室最後一排靠窗的位置，手捧著詩經、楚辭、唐詩、宋詞、元曲、老子、莊子、列子、六祖壇經……，在筆記本上抄錄佳句，累了就看看窗外的大屯山，我明白了

蘭蔻完美唇膏三六五號，擦在鐘老師的唇上，更襯出好氣色、好膚色！

這不是我的世界。即使我是以全校聯考成績第卅多名進來的所謂高職第一志願。

只有在上鐘素敏老師的國文課時我探出頭喘息，我像武陵漁人，忘路之遠近，置身於不知有漢無論魏晉的文學桃花源中，我在文學中復活了！我的血液流動了！我開始有了心跳！我有了呼吸！

不想也不願再走錯路，趁某日下課十分鐘，我抓住鐘老師：「中文系在念什麼？」鐘老師似乎看透了我的心思，說：「文字學、聲韻訓詁、各體文……，我看你的作文，覺得你很適合念中文系，我在師大研究所進修，要不要老師帶你去聽課？」

我哪裡有資格聽研究所的課？我只是一個成績不佳的高職學生，我只是在文藝社擔任小小編輯採訪的小社員，我只是在考前一天才開始念書只求及格、排名墊底的國貿科學生。「大學生」這個名詞如星辰般遙遠，只是看得到，怎麼可能摸得著？而鐘老師的這番話，為我灰暗蒼白的商職生活，點燃了一盞明燈，指引了一個方向。

明白了破釜沉舟才有出路，錄取率百分之廿幾的第一類組窄門，過了河的卒子也無法後退。蟄伏補習班的日子，是靠著鐘老師告訴我的那段話才能繼續生存下去。

看過凱文科斯納演的電影《美夢成真》，其中一句對白：「夢想實現的地方，就是天堂。」深深印在腦海裡。命運之神讓我到了輔仁大學中文系。我發現，天堂原來只距離我家只不到卅分鐘的路程，我卻走了好久，走得很辛苦。放榜那一天，顫抖著打電話給鐘老師：「老師，我終於考上中文系了！老師！」鐘老師好像講了好多恭喜我、鼓勵我的話，只記得我一直流淚，一邊哭一邊謝謝老師。

我摘到這顆星星了。

過幾天，還沉醉在「大學生」的美夢中，鐘老師寄來卡片，附上一支蘭蔻口紅，向我恭賀。之後的四年，我盡情悠遊在中國文學的世界中，含英咀華、探究人性，感覺自己DNA中帶來的記憶與狂喜。

戀愛、結婚、生兒育女、柴米油鹽……，其實心裡好想鐘老師，但鐘老師的電話就和那支蘭蔻口紅一樣，早已不知去向。上網搜尋，鐘老師似乎已退休，幸好還記得師丈陳光憲，經搜尋，師丈在臺北市立教育大學（今臺北市立大學）語文教育研究所擔任教授，這是要我更上層樓的意思嗎？為了找鐘老師，先得找師丈，要找師丈，研究所先考上。

沒有考大學時的破釜沉舟、勇往直前，繁忙的私校工作、家庭生活，並無太多時間複習文學史、文字學，畢業十年只能憑印象輕鬆應考，感覺這是從小到大覺得最好考的一次大考。

進了研究所，見了師丈陳光憲老師，（師丈也成了老師），再找到鐘素敏老師（老師也成了師母），心中只有滿滿的感激之情。如果沒有當年鐘老師對我的鼓勵，就沒有今天的我，以及，全家人。

今年是我進入婚姻滿廿年，更巧合的是，我的結婚紀念日，就是兩位恩師的生日。對於兩位恩師的鼓勵提攜之情，無法用語言文字表達。於是我想起那支蘭蔻口紅，那代表老師對學生無盡的愛，且讓我東施效顰，回贈恩師。

如果我對學生有愛心、有耐性，是一個肯付出、不求回報的教師，那都是兩位恩師以身教與言教影響了我，我將以愛傳承，讓教育之愛永續不斷！

一九九三年（上）就讀高職時，曾和同學拜訪鐘老師家，留下難忘的回憶。

二〇一三年兩位恩師的生日我與外子結婚十五週年

黃惠美

學　　歷｜臺北市立大學中國語文學系博士

現　　職｜桃園市八德區廣興國小教師兼輔導主任

得獎榮譽｜二〇一〇年榮獲桃園縣特殊優良教師、2015 Best Education 全國學校經營與教學創新獎榮獲優等、二〇一八年榮獲桃園市優良教師。

七 惠承師恩 美傳鐸聲

黃惠美

壹 教育苗火的燃起

惠美自小生長在貧困欠債的農家，困窘的家境雖然在物質上無法提供我優渥的生活所需，但父母親對教育的重視，及自己一路求學以來恩師們的關懷與勉勵，點燃了我心中的教育苗火，讓我對教育懷有熱情，深深的期許仰賴教育翻轉人生的自己，可以從事教育工作，照顧更多的人。因此大學聯考師範院校是我的第一志願，蘊藏豐厚人文涵養的語文教育學系更是我的第一首選。

貳 十年導師的投入

回首教職生涯，擔任國小中、低年級導師十年，每天兢兢業業教導學生，思及念及的都是如何可以給孩子們更多，所以除了自己任教的科目之外，連科任老師教授的科目也都幫忙複習。為了更貼近孩子，了解他們真正的需求，我不僅關心他們的課業，更關注他們的生活點滴，因此觀察到一個個需要我額外照顧的孩子，針對他們的困境，提供能力所及的協助，也慶幸自己可以為他們的成長盡上棉薄之力。擔任導師期間，我總會善用晨光時段及課堂的零碎時間，帶領孩子們琅琅誦讀：《三字經》、《唐詩三百首》、《論語》、《孟子》等等古典經文，設計闖關卡，提升學習動力，更自掏腰包購買圖書禮券，獎勵孩子們熟背經文，藉以涵養學生們的文學底蘊，也為孩子們的人生智慧扎下啟蒙的根基。

參　接任行政的挑戰

承蒙學校長官們的提攜及教師同儕們的鼓勵，十一年前的我從導師職務轉任行政組長，更在二〇一〇年考取候用主任資格。接任行政業務，我始終秉持著「對上以敬、對下以慈、對人以和、對事以真」的心，為學生、為教育付出自己的力量。擔任總務主任期間，積極考量校內需求與學校中長程發展方向，用心撰寫計畫，協助校長爭取補助款，改善校內各項教學設備。同時以擔任總務的經驗與校內長官和同仁共同參加 2015 Best Education 全國學校經營與教學創新獎，榮獲優等佳績。

接任教導主任，主動回應教師專業成長需求，帶領團隊精進教學知能。同時正視學生學力問題，與教師夥伴專業對話，擬訂改進策略，提升學習成效。因應十二年國教，協助校長盤點資源，引領同仁完成校訂課程整備工作。此外，我積極帶領社群團隊參加各項創新教學競賽，如閱讀教學設計、金融基礎教育行動方案徵選等皆獲佳績。更善用課餘時間，指導學生參與多項繪圖、行動劇比賽，多次榮獲市賽特優，讓小校學生展能發光。希冀藉由這些點點滴滴的行政歷練，能讓自己學習更多，承擔更多。

肆　為學路途的感念

e世代，知識半衰期日益趨短，新知每秒倍增，身為人師，面對學海浩瀚，絕不可畫地自限。為能與時俱進，開闊眼界，也為使自己的學術專業更臻成熟，反饋於教學現場，我求學若饑，求知若渴，公餘之際，孜孜進修，除每學期積極參與教育局辦理之教師專書閱讀考試及校內外各項專業研習，亦專注個人學術研修，於二〇一〇年元月取得國立清華大學中國文學系碩士學位。個人在碩士論文撰寫的過程異常艱辛，因此碩士學位的取得，尤其感念恩師劉承慧教授對於不才學生的指導與鼓勵。正因為老師對我的不放棄，讓我可以緩步而踏實的奠下學院中鑽研學問的基礎功，更拔升了我面對挫折的韌性與毅力。

碩士班幸得承慧恩師的教導，為我開啟了學術研究之門，惟「學然後知不足，教然後知困」，學海無涯，仰之彌高，鑽之彌深，為此個人深感不足，於二〇一一年接續考入臺北市立大學中國語文學系，進修博士班課程，企盼可以持續精進自我的博學之路，開擴國語文教學的研究視角，回饋於課堂。

伍　永沐春風的啟迪

在臺北市立大學求學時期，修習了光憲教授的「經學專題研究」以及「報導文學專題研究」兩門課。課堂上老師博大精深的易學功力，總能深入淺出的帶入人生哲理，讓人生歷練初淺的惠美每每感悟甚深。教授親炙的弘理：「易經變通的智慧——富貴禍福無常，一夕之間有成有敗，計畫往往趕不上變化，與其驚恐掙扎，不如應變調整」、「命運的形成——局與運，局：環境、時勢、時機；運：一、知位、得位，二、適才、適性，三、趨吉避凶」、「吉凶悔吝者，生乎動者也」、「王永慶先生的火柴棒哲學」以及「活在當下，用善念、善行認真過每一天」和「生命中最珍貴的是『愛』，活著就是愛！擁有生命是上天最大的恩寵。」……，句句蘊涵豐厚的人生哲思與處世哲學。老師的珠玉金言如春風般滋養了我渴求醒悟的心靈，更化為我課堂教學的引航之光，啟迪著我的教育之路。

光憲老師對惠美的教導，不僅止於學術研究與人生路途的指引，在博士論文的撰寫過程中，每當我遭遇瓶頸，老師的指點以及正向的鼓舞和暖心的關懷，都能及時為我灌注滿滿的能量，讓我可以在肩負工作與學業的雙重重擔下，順利的取得文學博士的學位。教授的正能量與殷切鼓勵是我永生難忘的恩惠，也是我教職生涯的最佳典範。

陸　傳揚師誨的自期

光憲教授善於以自身的經驗分享其過往在教學、行政以及待人處事方面的成功祕訣，抑或引用古今中外的名人例子，提點我們為人應有高尚的品格，多看看他人的亮點，用善念、善行，認真過每一天。時至今日，教授的諄諄教誨，依舊透過親自編輯的相片和簡報，配上字字珠璣的勵志箴言，日日在群組上，悉心的傳授其智慧的精華。身為學生的我，每日都能親受恩師的薰陶，彷若醍醐灌頂，倍感榮幸。

在學術研究的路途上，我有幸拜於恩師門下，向老師學習扎實的為學之道；在人生歷練的道路上，我也幸得恩師的陶染，為我啟迪了正向溫暖的人性之愛。

思忖教書以來，我最在意的也是學生的德性培育。因此課堂上，我時常仿效光憲教授，以自身的經驗為例，或是運用生活周遭各式人物、古今中外名人的例子，循循善誘國小的孩童們擁善心，做善行。真切盼望自己也能夠像光憲老師一般，在孩子們的心田上，播下一顆顆良善與愛的種子，讓這些種子可以在社會上的每個角落，持續播送著愛與幸福。

過往的我，一路上有恩師們的關懷與勉勵，讓我以教育翻轉了人生；未來的我，將秉持恩師「做一個人性的工程師」的教誨，持續在教育路上耕耘，陶育學生，傳揚人性的愛與溫暖。

貳

杏壇傳燈，讓愛飛揚

作者簡介

陳光憲

現　任—法鼓山榮譽顧問、德明財經科技大學講座教授、中華學術文教基金會副董事長、臺北市議會最高顧問。

曾　任—德明財經科技大學校長、臺北市教育大學副校長、大學通識教育評鑑召集人、國家文官學院、國家教育研究院講座、經濟部專業中心專題講座、考試院國家考試典試委員、教育部教科書審查委員、人文藝術網站顧問、特殊優良教師暨師鐸獎評審委員、全國語文競賽命題暨評審委員、人間福報《歡喜心》專欄作家、中國文化大學傑出校友會副會長、教育部僑教會委派訪視海外僑校、臺北學校及海外招生團團長。

榮　譽—中國文化大學、成功中學傑出校友、一九九八年榮獲學術貢獻木鐸獎、美國印第安納市頒授榮譽市民證書、加州長堤市頒賜市鑰。

學術著作—《慧琳一切經音義引說文考》、《王國維學述》、《邵康節先天圖說》、《演說技巧與教學》、《君王學與青年修養》、《易經與創造思考》、《王靜安學術研究》、《范仲淹與北宋詩文革新》、《范蠡與范仲淹的進退變通智慧》、《史記寫作與報導文學》、《民族正氣文學一～六冊》。

勵志文學一《神采飛揚》、《戰勝自己》、《學習才會贏》、《絕無盲點》。

品格三書一《生活禮儀》、《現代孝經倫理》、《品格成為信仰》。

一 杏壇傳燈五十年

陳光憲

小時候的我，體弱多病，多災多難，曾經遭遇車禍及跌倒骨折，小學三年罹患嚴重的腹膜炎，將近兩個星期的臥病，爺爺為我講唐三藏十三歲考度牒的故事：「出家為了是啟發人的智慧，去除人與人的殘暴，珍惜自己的生命，也不傷害別人的生命。」祖父說：「教導人智慧就是傳燈，一盞燈亮，萬盞燈亮，溫暖與光明遍照人世間。」

李玉睦導師來探病關心，我得到滿滿的關懷，滿滿的愛，她知道我家裡做生意的環境，沒有做功課的地方，只能趴在肥皂箱子上寫字做功課，病癒後，老師要我放學後到辦公室，做完功課再回家，從此我像脫胎換骨一樣，成績名列前茅。

就讀大學時，我與蕭信雄同學創辦慧智佛學社，誼父覺生法師引領我親近佛門高僧大德，甘珠活佛為我灌頂賜福，印順導師為我開示皈依佛門。國學大師高明教授、駢文大師成惕軒教授、詞學大師尉素秋教授都對我青睞有加，鼓勵我投考研究所可以繼承衣缽。

初執教鞭，我任教大直國中，擔任訓育組長，上班第一天，我在日記寫上：「做人性的工程師，將最好的思想、最精湛的技能、最純潔的品德，無私的注入下一代的心中，讓下一代的生命比我更豐美、更幸福。」

國中教書只有短短兩年，卻有豐碩的收穫，我兼任訓導工作，推動品格教育第一年，榮獲臺北市評鑑第一名，第二年榮獲全國第一名，教育部賴葆楨委員說：「聽說你是一個不會罵人，又不會發脾氣的訓導主任，能夠把一百〇四項訓育工作，依照行政三聯制，做得如此周全，實在難得，學區內沒有任何學童有不良紀錄，尤其可貴。」

那是個每天都有朝會的時代，從六〇年代到一九八六年，我每天上臺講五分鐘正向能量的叮嚀，鼓勵學生向上、向善，做一個善良有為有守的人，後來集結成書，三本在臺灣出版，一本在北京發行。

五十年後，很多當年的學生告訴我，當年我的講話，讓他們受益無窮，曾擔任臺視主播的方怡文在臉書上公布哈佛大學最新的教育理念，文末註記「校長，哈佛大學的教育理念落後你半個世紀耶。」這是我意想不到的巧合。

我讀書時，恩師待我如子；教書時，我對待學生也如同自己的子女。訓導工作八年、副校長三年、校長十二年期間，我惕勵自己做經師、做人師，塑造快樂的學習環境，啟發學生的亮點，給予學生智慧、學習方法和高貴的品格。

卅三歲，我成為全臺灣最年輕的大專校長，宋時選先生邀請我擔任救國團寒、暑期活動的志工，他說：「你是我們精挑細選，站起來就是青年朋友的楷模典範。」從此，長達廿年時間，我擔任歲寒三友會、國學研習營、天文營、大專學生幹部研習營的駐會指導教授以及金門、馬祖戰鬥營團長。其後教育部也邀請我擔任海外僑校及海外臺北學校的訪視委員與港澳招生團的團長。

「玉不琢不成器，人不學不知義」在海外訪視期間，我感動僑界對祖國善良文化的保存與宣揚，在西方功利主義的衝擊中，我擔心華夏子孫受到西方功利主義的影響，我演講〈知能與品格並進的教育〉，強調「人世間最珍貴的資產是人品，有品格的人，做大事、做小事都是好事；沒有品格的人，做大事、做小事都是壞事。品格教育必須在學校生活與家庭教育中深刻體驗。有體驗才有感動，有感動才有內化，有內化才能成為健全生命的根基。」

在海外演講，我婉拒演說鐘點費，美國印第安納市長頒贈我榮譽市民證書，加州長堤市特別派人到臺北市政大廳頒贈我長堤市鑰。

時光荏苒，我已進入耄耋之年，五十年代，我擔任導師的學生都已進入花甲之年，班長經商有成，樂善好施，擔任法鼓山榮譽董事會長，對大直中小學母校捐獻獎助學金。

感恩眾多學生對我不離不棄，每年教師節都到我住家賀節致意，每年年底，國中五八級班長都召集學生席開八桌，在晶華或國賓飯店與我餐敘，德明導師班學生曾任美國眾議員的楊愛倫、臺視主播的方怡文都回國與我相會。

拜現代網路科技之賜，很多家長和學生都在臉書上留言與我互動，有國中生榮獲全國演說第一名的母親在臉書上寫著：「Dear 陳教授，這真是一段最真善美的回憶，你的認真使孩子們知道要精進、再學習，您的用心使家長們深受感動並佩服您，您的熱情將大家緊緊牽在一起，歲末之際~也祝福您平安如意，怡臻媽敬上。」

篤信基督教的邱德松寫著：「你是我們四十四年前的國文老師，也是我們一生一世的國文老師，您是我們年輕時候的導師，也是我們終身的導師，你教我們國文，教我們做人，教我們身心靈的美善，欣賞與釋放，我們愛您，太愛您了！」

在菲律賓當校長的施純青寫著：「老師，我在菲律賓當了卅二年園丁，當年的課本都成為嫁妝，至今仍在書架上，老師所教字字句句皆註記在書頁上，我年輕的歲月仍在書上，不曾消失，雖讀商，卻愛文，不然我不會珍藏我的國文課本。」

歐洲文藝復興三巨星之一的但丁說：「品格可以填補智慧的不足，但智慧無法填補品格的空白。」我的學生以從事教職工作的居多，有中小學老師，有大學教授，我告訴他們：

謝謝老師！
您是我們44年前的國文老師，也是我們一生一世的國文老師。
您是我們年輕時的導師，也是我們終身的導師。
您教我們國文，教我們做人，教我們身心靈的美善、欣賞、與釋放，我們愛您，太愛您了！

(102年邱德松FB)

「教育的精神，即在於提升人的素養，從自私自利的傲慢與偏見中，釋放出來，進而鑄造有人格、有智慧、有愛心的健全國民。」我期許我的學生，無論經商或擔任教職都要做傳燈的人，傳燈點燈讓大千世界有滿滿的愛，滿滿的關懷，讓一盞燈點亮萬盞燈，讓生命的溫馨溫暖與光明遍照有情世間。

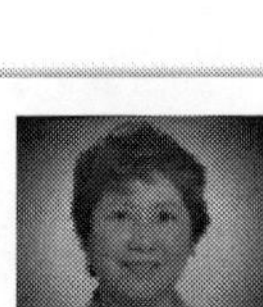

純青施 2017年 9月29日 15:56

老師，我在菲当了卅二年園丁，当年的国文課本都成了嫁妝，至今仍在書架，老師所教，字字句句皆註記在書頁上，我的年輕歲月仍在書上，不曾消失。雖讀商，但實愛文，

不然我不會珍藏我的国文課本。

王偉忠

座右銘—五十歲以前做今生事，五十歲以後做來生事。

現　任—實踐大學兼任助理教授。

曾　任—臺北私立奎山中學暨奎山、夏山幼兒園古詩吟誦、國文教師、組長、主任、代理校長、新北市立林口國中國文教師兼導師、新北市立泰山高中國文教師兼導師、新北市泰山社區大學古詩詞吟誦教師、臺北市天母長春老人大學古詩詞吟誦教師、臺北北一、全能、志仁、同心補習班國文教師、寫作指導教師、黎明科技大學兼任助理教授、一九九八至二〇〇〇年省聯、基測國文命題教師。

得　獎—《兒童唐詩教材》一九九四年榮獲教育部人文教師創作獎（佳作）、《作文啟蒙》一九九五年榮獲新北市教師創作獎（佳作）、《學校的經營》一九九六年榮獲新北市教師創作獎（甲等）。

著　作—《高職本國歷史》一九八七年教育部審定、《兒童唐詩教材》一九九四年教育部佳作獎、《作文啟蒙》一九九五年新北市佳作獎、《學校的經營》一九九五年新北市甲等獎、《國學概論》二〇〇一年學校教材、《全能作文》二〇〇五年補習教材、《國語文學習新思考——選入三篇》二〇一六年九月萬卷樓圖書公司、《劉禹錫古文研究》二〇一八年三月花木蘭文化事業公司、《白居易散文研究》二〇一八年三月花木蘭文化事業公司。

二 師生緣　人倫樂　教育愛——追夢築夢圓夢

王偉忠

無才無德至人間，枉入紅塵數十年。
此係身前身後事，自修事略繼前賢。

爸媽真偉大，為兒築夢

人的一生總有許多轉捩點，改變了機緣、事業與命運。常在「一念之間」改變了我的人生。以自述的文字、寫自己過往的事蹟及生活經驗，目的無他，自我警惕、抒發情懷罷了。

這一生真正鑄造我、改變我的是雙親。父親為了他五個子女的前途，不計個人的名位、前程，由校長降到主任、老師，為子女犧牲個人利益。母親在生命、精神上，賜給子女的是：做好自己，管好自己是一件最要緊的事；在任何環境裡，無論是好是壞，都要求子女永不低頭、絕不屈服；看待任何的人事物，都要有同理心。母親是激勵我志氣的第一位女姓。

為饅頭背書，努力尋夢

小學六年級，我經常感到惶恐不安，卻總是說不上來。原因是讀初中需要考試，我沒有把握會考上。沒有書可讀，只好去當學徒，學一技之長，這是一般人的想法。我不想當學徒，向爸爸提議，重讀五年級。

爸媽考量後，決定讓我重讀五年級，商請王裕民、劉玉華兩位老師幫我複習功課。王老師負責國語，他要我從二年級的國語開始背，一天一課。每天六點起床，早自習背好，就給我他親手做的饅頭。劉老師幫我複習算數，「時間問題」、「雞兔問題」、「植樹問題」，

攝於二〇二〇年元月 妙光寺 全家福

搞得頭昏腦脹。

「背」就是這樣培養起來的，初中、高中、大學都靠「背」來得分。

能畢業就好，美夢難圓

升高二我選擇社會組，喜歡論、孟的言論、思想，同時迷上了古典章回小說《薛仁貴征東》、《薛丁山征西》、《羅通掃北》、《三國演義》、《水滸傳》等。英、數二科始終成為我的夢魘，常以「只求六十分」的心態來應付，不要留級就好。「大學聯考」、「高中畢業拿什麼與人競爭」，一切等我能安全畢業再說吧！

定居霧峰，爸爸要我與二弟住在阿伯（鄭壽芝）家。阿伯八十歲才開始經營農場，這種不服老的奮鬥精神，令人欽佩；要人做事，不論老少，他一律以「謝謝你，某某先生、某某女士，能幫我嗎？」這種謙卑待人的態度，值得學習。阿伯隨時聽「新聞」廣播，充實自己的知識。這樣的好習慣及待人態度，深深地啟迪我。

老驥伏櫪槽，志在追夢

因緣天註定，勤樸為家忙；手足天倫樂，傳薪育棟樑。

一九七八年，考上東吳大學中國文學系。因二弟的關係，得與他博士班教授張敬先生相識，四年的學費、生活費全由她提供。張教授除了經濟上的支助外，同時指導我治學方法，欣賞國劇、崑曲及心靈的修養；紮實地奠定了國學基礎，日後在職場上與人競爭，立於不敗之地。全是張教授所賜的。

有緣與二弟博士指導教授鄭騫先生認識，週日經常居家請益。他知無不言，傾囊相授，惠我良多。有關寫作的要領，一句「剃頭」提示，（要多看、多寫作、多修飾）改變我寫作的迷失。教授常對人說：「偉忠是我的忘年之交。」

內子是我大學同學，我們交往近六年才結婚。她曾說：「平安恬

攝於一九九三年六月奎山中學畢業典禮

淡，才是生活的真諦，幸福的泉源。」這是個性使然，四十幾年來，送給她的手飾，除了結婚戒指和項鍊外，就是我在私校服務時所得的五條金鍊子，我不是小氣，實在是內子的務實。全心全意，放在我及孩子身上。她的觀念是：「平安健康就是福氣！安穩的工作才是治家之道」。

二弟是文學博士，我也想得個文學博士。就這樣，我朝著這個目標努力了十幾年，因生活作息不正常，得了「急性肝炎」的惡疾。從此，「慢性肝炎」纏身，已廿多年。終於拿到了「文學博士」，已六十歲；學位的取得，最要感謝的人有二位：第一位是內子，她為家默默付出，讓我專心寫作；第二位是二弟（偉勇），《劉禹錫古文研究》、《白居易散文研究》兩書的校對、校改、修飾都偏勞他。

獲博士學位，美夢成真

文化平生志，五倫貴踐行；師生同信念，歡喜育精英。

與老師結緣，是偶然的；畢竟是一種緣分，這跟內子有關係。內子參與鄉土教學的研習，幾次，聽陳老師的演講，因而認識老師——陳光憲教授。內子經常提到老師「見識廣博、學識豐富，為人親切，是位受人尊敬的長者。跟他學習、聽他的演講，會得到許多知識，增長見聞。」

撰寫論文時，遵循指導教授指示：「以你專長寫作，注意文句要簡潔、說理要深刻，讓人一目了然，就能如期完成。」四年完成《白居易古文研究》，獲得博士學位。

老師引薦，有機會在實踐大學兼職至今。「一日為師，終生為師」，畢業後和老師維持亦師亦友的情誼。每次拜訪老師，老師會親自下樓，至門口迎接；離開時，老師也會送至大門口。與老師交談，總是耐心聽我的講述。「偉忠是位忠厚、可靠值得信賴的人，要注意健康，適度的運動可抗老；適意、安逸、清閒，平安最要緊。」老師的關懷，我銘記於心。

靈魂工程師，築夢踏實

一旦頑童心智開，及時勤學勿疑猜；工夫積久聲名著，莫忘泰山曾去來。

一九九六年九月我執教泰山高中，是我另一個人生的開端。如何引導學生成為一個「小大人」，是我最迫切想給學生的觀念；亦即教導他們如何在自律、他律中自我的肯定，成為有守有為的高中生。

泰山的學生，純樸、善良，思想單純；玩心很重，不知規劃自己的人生。父母為了討生活，只要孩子健康快樂，不學壞、按時上下學，也就心滿意足了。如何改變孩子、家長的想法與觀念，成為我責無旁貸的責任。

我想以「身教、言教」的觀念，教育孩子，與學生「搏感情」，亦師亦友，拉近師生的情感。但如何「搏感情」？我是以「玩、樂」、「家庭式」的方式帶班，要求活動「全班」得參加，便與同學約法三章：

一、臺上我是老師，臺下地位平等，是朋友，班費沒有師生之分。

二、請假要誠實告知，假單馬上給，隨時來取。

三、一個月不遲到，由班費支付早餐；午餐、午睡師生在一起。

經常利用三四節、午睡時間，在校外餐廳用午餐，以「餐桌禮儀」為藉口，注意同學的互動、人際、談話等，觀察他們的一舉一動；七八節爬學校的後山，藉「爬山」的活動，觀察同學們的合作精神。

若帶新班，會告知同學：一個月以後，給同學一張用毛筆書寫，觀察同學行為優缺點的便條；學期末告知同學，在功課、言行舉止的情況。同學生日，用小卡片寫上「生日快樂」，用心、用情帶他們。

有一次雨天，帶他們爬山去。「老師下雨吔！」「人生哪有不風風雨雨！」「很不舒服！」「人不能一輩子抱著奶瓶不放！教官室、訓導處有吹風機。」如此作風，同學日後聚會，我就成了話題，也是他們最懷念的導師！

二〇〇五年，決定在高二下，將二年己班由先前第三類改成第一類組（社會組）。同時在原有的第二類及第三類組中，再做一次調查，有心讀社會組的同學都轉到二年己班，這個班真正成了「大雜燴」。同學在一次的畢業旅行中，建立了很好的默契，班上稍有讀書風氣。我始終相信「天生我材必有用」這句話。

升高三時，班上同學再一次大組合。凡重讀生、復學生、對自然組不感興趣的同學都來「高三己班」。這對我來說可是最大的考驗，同時也是我教書以來最大的挑戰。以個別輔導的方式，「以山不轉路轉」的心態改變自己。「人生除了讀書之外，難到沒別的事嗎？路是無限寬廣的！」以「無為」取代「要求」，以「鼓勵」取代「競爭」，以「自

攝於二〇一八年六月泰山高畢業典禮

由」取代「拘束」；以同學為主角，只要同學高興就好。

推甄成績出爐了，高三己班的同學考上國立學校的有三位，考上私立名校，東吳、東海、輔大、淡江、文化等學校共有廿位，同學考上輔大夜校者有九位之多。同學！你們真的很了不起！我由衷的佩服你們，一年半的努力就有如此亮眼的成績表現，誰敢小覷你呢？

江惜美

現　任—銘傳大學華語文教學學系教授、東吳大學兼任教授、中華學術文教基金會董事、中華文化學會榮譽理事、興華文教基金會董事。

曾　任—臺北市立師院、國立臺北大學、國立臺北教育大學兼任教授、中華文化總會《中華語文大辭典》審查委員、僑委會青少年華裔班外部評鑑委員、海外華語巡迴講座、考試院國家考試閱卷委員、教育部教科書審查委員。

榮　譽—臺北市立師院傑出校友（學術類）、僑委會教學優良志工、銘傳大學教學特優教師、全國資深優良教師至善獎。

學術著作—《烏臺詩案研究》、《絃誦集——古典文學分論》、《蘇軾詩學理論及其實踐》、《蘇軾文學批評研究》、《蘇軾詩論析——分期及其代表作》、《蘇軾詩詞專題論集》、《蘇軾詩文藝美學研究》、《蘇軾詩詞評論探究》、《小學語文教學論叢》、《國語文教學論集》、《作文答問》、《學好語文一百招》、《華語文教學研究》、《華語文漢字教學研究》、《華語文教材與教學設計》等。

其他著作——《鼓勵孩子一百招》、《智慧生活一百招》《高互動作文教學》《國語文非選擇題怎麼寫》、《文學論簡編》等。

三 我的瑰麗人生——華語巡迴教學的歲月

江惜美

如果有來生，我還要走遍五大洲，認識世界各地的僑胞；如果有來生，我還要探訪世界各國的文化，豐富我的人生；如果有來生，我願意再一次做華教的先鋒，為海外廣大的僑民服務。

自從一九九三年獲僑委會之聘，到世界各地擔任巡迴教學講座，時光荏苒，已經廿七年了！回首過往，我不得不感恩這些歲月，她讓我認識在海外僑校教師、僑委會的長官，以及同行的好友們。他們是我生命中的貴人，也是我人生最精彩的一段過往。

遙想那段日子，我幾乎是每一年寒暑假都往國外跑。背負著國家給我的使命，還有海外僑校教師對我的期待，我既欣喜又怕未能完美的達成使命，因此戰戰兢兢、小心謹慎，發揮了極高的自制力，終於一次次的成長，造就了瑰麗的人生。

如今回首，那些日子我深覺值得，因為自己不僅僅是一位教師，而且是「國家代表隊」，廿多年來走遍五大洲，足跡遍歷海外的僑校，也許至今還沒人打破紀錄呢！讓我細訴從前，與你一起分享。

東南亞教學之旅——開啟印尼華教的新頁

我開始巡迴教學，始於菲律賓，近幾年我又走訪了菲律賓三次，如果明年我不再巡迴教學了，那麼，我也將以菲律賓做為美麗的 ending。它開啟了我的東南亞之旅，也奠定我在華教巡迴教學的里程碑。

一九九三年的三月，好友捎來徵聘公文，說僑委會在徵聘到海外巡迴的教師，必須教國音學、文字學、唐宋詩詞和語文科教材教法等，她認為我非常適合，於是鼓勵我前去徵選。在她的鼓勵下，我備妥了資料、通過了口試，答應第一次前去菲律賓教學，一去就是五十天。

菲律賓天氣炎熱，我一去就感受到太陽的威力，整天盤著頭髮、喝椰子汁去暑，還為此買了禮服。早上教文字學部首，下午加碼教詩詞吟唱，唱的正是蘇軾——我古典文學研究的對象，著名的〈水調歌頭〉（明月幾時有）。學員老、中、青都有，印象最深的的是負責研習會的黃聰聰主任、輔導員周臺鶯和如今已是菲律賓晨光中學校長的——黃思華。成果發表會的詩詞吟唱表演十分成功，研習會結束，學員抱著我哭，我問她們結業應該高興，為什麼哭？她們說：「老師這一次回去，不知道什麼時候才會再回來教我們，所以捨不得。」那時候的我太年輕，未經生離死別，連忙安慰她們說：「不要哭，我會很快就回來的！」事實證明她們是對的，我一直到二〇一五年才再回到菲律賓，那一句「很快就回來」，竟然是廿一年的等待啊！

為什麼經歷廿多年才回到菲律賓教她們呢？原因是期間我一直到別的國家巡迴教學。算一算東南亞教學之旅，馬來西亞二次、泰國三次，汶萊、越南各一次，而印尼就去了七次。印尼受一九九八年排華事件影響，讓僑胞想要推廣華語教學，以促進彼此的了解與尊重。二〇〇〇年我銜命以專家學者的身分去考察，同時，開啟印尼華語教師研習會的新頁。還記得當年僑委會委員長是陳士魁先生，僑教處處長是許振榮先生，承辦的科長是張景南大哥。自從千禧年承接三年的印尼專案，而後二〇〇六、二〇一八年又前往印尼教學，前後七次教學，我也與印尼僑胞建立了深厚的情誼。先是，二〇〇〇年我帶領著楊曉菁、張于忻、王廣鈞和陳怡青前往印尼講學，而後二〇〇二年於泗水成立教師聯誼會——弘華師友會，經過十八年，成員已增加到三百多人，是印尼推動華語教學的搖籃。印尼的雅加達，每年有二百多位教師前來參加研習會，棉蘭、萬隆也達上百位，三寶壟、山口洋、峇厘島等地，每到夏天、僑校教師都會前來充電，這都是當年打下的基礎。做為催生印尼教師研習會的領航人，我深感安慰。

三次泰國的教學，我們眼看著僑校轉型、泰籍老師積極的參與研習，泰國將華語納入教學體系中，是一件令人欣慰的事。還記得二〇〇四年到泰國巡迴教學，感受到國別化教材的重要，而後也促使新編華語課本（泰國版）的編寫。馬來西亞分別到了西馬和東馬，東馬的主辦單位熱情的招呼老師們，竟讓和我同行的老師淚灑機場。還有汶萊，本未納入華語巡迴教學的行列，因為聯合報聘請陳素紅老師，陳老師又找我同行，間接的促成汶萊成為僑委會的巡迴路線。二〇〇九年的越南行，老師們回饋了我的教學，她們說直到我的出現，華語語法才讓她們聽得懂，他們哪裡知道，為了教他們語法，我整整準備了一星期呢！

近三年我的東南亞華語教學，仍回到原點的——菲律賓。自一九九三年啟航，繞了地球一大圈，在信世昌副委員長推動《學華語向前走》這一套二語華語教材之下，我參與教材編輯團隊，因此，二〇一六年我得以到菲國宣傳教材、二〇一九年推廣教法，二〇二〇年才能夠帶學生前去華語實習。地球果然是圓的，繞了一大圈，我又回到了菲律賓。

美加教學之旅——人生許多的第一次

回顧到美國巡迴教學，最大的收穫是認識了幾位會長、副會長，還認識了文興的楊校長，她們是我的好姊妹，也都是我的貴人。當然，每次巡迴教學，協助我們最多的是僑委會的大哥、大姊們——張學海、黃海龍、高家富、吳郁華等人，在每一次的巡迴教學，他們都給予我們最大的協助，留給我最美好的回憶。

美國巡迴教學共六次，加拿大則是加東、加西各兩次。第一次到美國，就認識了許笑濃、楊奇英和劉竹青，一直到現在，我們還常有聯繫，情同姊妹。還記得教學時，我總會帶著小獎品分送給僑胞，貼紙、鉛筆、原子筆、隨身碟，僑胞們很可愛，也會回贈我水晶飾物、圍巾和高跟鞋，你沒聽錯，高跟鞋耶！那是底特律的僑胞，偷偷問了我的鞋碼，然後送我一雙漂亮的高跟鞋，真的是太可愛了！多年來，舊金山還有我的超級粉絲，她蒐集了我所寫的所有文章，然後對我說：「我發現老師妳一直在進步，從傳統、科技，教材、教法，默默的努力著，對僑教充滿著熱情，好感動哦！」看到她眼中閃著光，對我的欣賞使我深有所感，這是我對國家的愛、對教育的愛，也是我回報國家栽培和知音相伴的感動。

我怎能忘懷當年我還年輕，帶著會長、副會長去書局買書、暢談僑教的過往？我怎能忘記葉憲年會長一直以來對我的愛護？我怎能忘懷我的學姊——楊錦雲校長，在我受難時，為我抱不平，接納我帶著實習生住在她家的日子？我又怎能忘卻海外許許多多我的粉絲，期待我的成長和創新？因為有了美加西、美加東、美南的巡迴教學，使我更加精進與自信，這是我這一生中最大的財富。

在洛杉磯，我生平第一次去拉斯維加斯拉霸，第一次中大獎，這要感謝郭學姊一家人開了四小時的車、穿越沙漠，我才有這樣的好運氣。還有，笑濃姐帶我去參加露天音樂會，我感受到美國的富庶。在紐約，我第一次去看《歌劇魅影》，被華麗的場景所震懾。到芝加哥，各種新奇的建築，到現在還映在腦海裡，更不要說華盛頓DC的雙橡園、波士頓的大龍蝦、鳳凰城高溫中大啖西瓜，還有亞特蘭大的可口可樂工廠、達拉斯的好友不遠千里而來，生命中如果有動人的樂章，我感受到的是每到一處，就有學姊、僑委會大哥、各地的好友，給予我極大的驚喜。人生許多的第一次，都是在美加參與的，尼加拉瓜瀑布與狄斯耐遊樂園，讓人充分的感受歡樂與震撼啊！

我與美加的因緣際會，應該是艮古以來的緣與份。也不知為什麼，看到這些朋友會特別投緣，也有許多機會見面談心、切磋教學，一直無話不聊。最感恩的是我當華教系系主任時候，為開拓實習路線所苦，我的學姊張開雙臂，將我緊緊的擁抱。她對我的愛護與支持，讓我想起來都窩心。若問人生什麼恩最難報，除了救命之恩，應該就是救人急難了吧！感謝上天，感謝命運，也深深的感謝我生命中的學姊貴人哪！

紐澳中南美洲教學之旅——多采多姿的跨文化

紐西蘭、澳洲是天然資源豐富、原民文化保存最好的地方，而中南美洲是未經第二次世界大戰、同樣也是物產豐隆，文化多元的國度。這些地方的華語教學，帶給我的洗禮是學習尊重文化，以及跨文化的重要。

紐西蘭的玫瑰油、奇異果，澳洲的綿羊油、護手霜，巴西紫水晶、蜂膠，智利的鮑魚和小蘋果，聞名全世界。我們在紐西蘭參觀毛利人的博物館，在澳洲抱到軟綿綿的無尾熊；我們在阿根廷見識到十六線道的馬路，以及每天晚上八點才開始用晚餐；在巴拉圭看到馬走的石子路，聽到東方市夜晚傳來的槍響。這一些都化成了印記，深深烙印在腦海裡。還記得教學時，一隻蚊子直衝我的喉嚨，當下一陣慌亂，僑胞安慰我這是平常小事，還有兩位老師為了信仰問題，在我眼前上演爭吵、擁抱、和解的三部曲，都是一些跨文化最好的議題。

紐西蘭、澳洲的僑民生活環境較優，自然風光明媚，僑胞也樂於分享。在兩國推廣華語，僑校雖也是借場地上中文，但能藉由宗教傳揚我國優質的文化，所以發展順利。反觀中南美洲，政治、治安的問題較嚴重，僑校無不慘澹經營，但教師認真學習的態度，令人安慰。僑胞熱情慷慨，帶著我們參觀伊瓜蘇瀑布，怕我們吃不慣當地食物，處心積慮的找中餐館，當然也不忘帶我們到小雪山賞美景、吃烤羊排。這些點點滴滴，我經常在午夜夢迴回想起，內心充滿著感激。

如果不是僑委會長官們的厚愛，我不能有這些機會，兩度到中南美洲巡迴教學，也不會兩度到紐澳進行文化之旅。每一次的再相遇，就像碰到老朋友一樣的親切，也讓我再一次堅定奉獻僑教的決心。此生有瑰麗之旅，我心存感念，在小小的心的角落，對他們一直存著深深的思念……。

我想起第一次在中天寺教學時，當時會長開著車，帶我住在布里斯本的家。他家的後院就是湖，繫著一條小船，當時我真的驚呆了。夕陽下，我們在後院聊天，時光好像停在當下。此後第二年，會長載我們到黃金海岸遊賞，餘暉映照著我們的身影，就像是畫境一般。第三次到澳洲，我們家送走了親愛的姪女，中天寺為她辦法會，會長為姪女誦經，這一切仿如昨日，我已不堪回首。

拋開傷心事不說，兩度到紐澳、中南美教學的教師不多，我是多麼的幸運，能代表國家遠渡重洋，將所學奉獻給僑胞們，因此我更加努力鑽研華語教材、教法，每一篇學術論文，都有我對他們的愛與感謝。

歐非教學之旅——完成五大洲巡迴教學的心願

從開始華語巡迴教學十五年後，我才有機會到法國巴黎和南非去教學。那是二〇〇八年，我第一次到歐非講學，第二次則是二〇一六年，造訪荷、比、法的中文學校。能到世界五大洲巡迴教學，一直是我的心願。在未到歐洲教學之前，我曾經旅遊中歐九國，知道歐洲是藝術重鎮，無論舞蹈、音樂、藝術、文學，都有深厚的底蘊。所以到了歐洲教學，才了解法國的老師優雅、荷蘭的老師敬業，而比利時的老師好學。南非則是相當難得，在幾乎沒有中文環境之下，老師們克服萬難，就是要把中文的火種傳下去。

到了法國，怎能不造訪羅浮宮、香榭麗舍大道。巍峨的巴黎鐵塔、凱旋門，更是必造訪的景點。巴黎的太陽下山大約是晚上十點，此時人們才到廣場上欣賞電影，十分愜意。荷蘭鬱金香舉世聞名，超市裡就可見各式鬱金香，家家戶戶都有花兒裝飾窗櫺，美不可言。比利時是啤酒之都，出產的啤酒行銷全世界，他們也引以為傲。這些文明國家的僑校，同樣面臨中文教材短缺，必須自製教具的困境。

至於南非，就真的太有趣了！我們到南非約翰尼斯堡教學的時候，正是他們的冬天。研習會來了大約五十位教師，他們紛紛詢問教材如何取得？如何打中文鍵盤？教師們自製練習本，還製作教學教具。結業式是露天的，在庭院中開結業式，還真的是別開生面。到非洲就不能不去看野生動物，長這麼大，也只有這次去近距離看長頸鹿、鴕鳥。我們見識到原野風光，也為了服務人員用中文向我們說「謝謝」，露出一絲會心的微笑。約堡有仿義大利的貢多拉船，穿梭在賣場裡，歌聲悠揚動聽，這應是西方的文化影響，給商人的靈感吧！

一邊巡迴教學，一邊體會當地的風俗民情，本身就是前往海外教學的驚喜。南非的僑校教師在我們返臺之後，還會以 e-mail 問候，只要她返國，我們也會相約聚餐，敘敘近況。「天涯若比鄰，海內存知己」，如果不是到世界各地教學，又怎能與遠在天涯海角的僑校教師相遇呢？這就是我深深感恩的主因了！

回首瑰麗人生——教學相長

無論是近在咫尺的菲律賓，或是遠在天邊的中南美、非洲，都有我們的僑胞在默默的傳揚中華文化，做臺灣的後盾。自擔任僑委會志工以來，無論何時、何地，只要國家需要我，我都是義不容辭。我感恩僑委會給我一次又一次教學的機會，我感恩海外僑胞為我國家而在海外推廣華語教學，我也感謝會裡駐海外的代表、中文學校的會長們，無私無我的協助。若問我平生功業，那應該是「語教、僑教與華教」吧！

四十多年前，我在國內擔任小學教師，就開啟了「國內語文教育」的研究，出版了《小學語文教學論叢》、《國語文教學論集》、《學好語文一百招》。承蒙陳光憲教授推薦我參加高中教師甄選，轉任到中正高中任教，旋即回到母校服務。在師院十二年餘，也是光憲老師的鼓勵、愛護，才能勇往直前，為僑胞服務。轉任到銘傳大學，我由「僑教」轉型為「華教」，出版了《華語文教學研究》、《華語文漢字教學研究》和《華語文教材與教學設計》，目前還計畫撰寫《學華語向前走》相關的專書，我感謝一路走來，都有貴人的扶持。

本著「教學相長」的理念，我從小學教師、中學教師到大學、研究所教授，已比一般人幸運，加上僑委會的青睞，我走遍五大洲，為僑校服務，結交了無數好姊妹、好朋友，生命因此更加精采亮麗。回首華語巡迴教學的日子，僑委會頒發給我「華語教學優良志工」的榮譽，是我這一生美好的回憶。我相信自己的努力只是一小部分，最大的部分是在生命中的貴人們，對我的愛護、照顧與殷殷期盼，才造就我瑰麗的一生。

作者簡介

蔡綉珍

現　　任—臺北市私立復興實驗高級中學教師。

經　　歷—於新北及臺北市公立學校服務滿卅年、教育部本土語言教科書審查委員、教育部閩南語能力檢定命題委員、臺北市本土語言輔導團、臺北市閩南語初、進階進修研習講師、臺北市多語文比賽演講朗讀評審、編寫臺北市本土語言初階、中階之親子學習手冊及口袋書、臺北市陽十五期主任儲訓班結訓、主持臺北市師鐸獎頒獎典禮、主持臺北市國小市長獎之頒獎典禮及全市兒童節嘉年華會。

榮　　譽—教育部第一屆本土語言績優教師、榮獲臺北市語文社會類特殊優良教師（師鐸獎）、國立臺北教育大學傑出校友、國立臺北教育大學社會教學領域碩士畢業獲頒「楷模獎」、臺北市陽十五期主任儲訓班榮獲「學習楷模獎」。

學術發表—從事鄉土語言教育學術研究，致力提昇教育品質、（一）〈停、看、聽談閩南語教學心得〉刊載於《落實語言教學》、(二)〈閩南語教學實務面面觀〉刊載於《多元語文教學暨實務學術研討會論文集》、(三)〈國小閩南語的教學與文學〉刊載於《多元語言與文學教學研討會》、(四)〈談閩南語教學之在地化〉刊載於《第四屆多元語言、文學與思想國際學術研討會成果專輯》、(五)〈臺北市鄉土語言教學的現況與展望〉刊載於《鄉土語言實施與教學》。

四 樂在教學三八載——樂在教學與愛同行

蔡綉珍

喜歡的事

小時候上課時，我喜歡靜靜欣賞老師的一舉一動、一顰一笑。我看到：低年級老師的優雅端莊與溫柔，中年級老師開放自由、尊重學生的性向發展，高年級老師孜孜矻矻、對課業要求嚴格；我學習到每位老師不同的班級經營與特色。在家裡我有樣學樣，常常以爸爸記事的小黑板教弟弟功課並演算數學，左鄰右舍年紀相仿的小朋友，有需要解答的難題時，我也充當小老師。

漸漸長大後，我喜歡觀察、比較每位老師上課的風格，所以「老師」這個名詞不斷的出現在每一次作文簿「我的志願」的文章中。當老師是從我有記憶以來就喜歡與嚮往的工作；就這樣，一位國中剛畢業的南投水里小女孩，放棄考取的一女中及臺北工專，來到繁華的臺北市就讀省立臺北師專。

生活與專業能力的養成

在師專五年，除了受到眾多師長的教導與鼓勵外，我學會了在團體生活中很多必備的生活能力；譬如：對女生來說，天大地大沒有洗澡這件事情大；所以，以前慢條斯理的我，動作變得積極快速了——下午的課程一結束，立刻十萬火急的快步走回寢室，拿起臉盆去浴室門口排隊，以免輪到自己的時候沒有熱水可洗；若不幸沒了，就必須去廚房後邊的大水池，提燒飯煮菜同時所燒煮排放出來的熱水；而碰到要洗頭的日子，就必須分兩趟提水或一次兩手提兩桶熱水才夠盥洗。

除此之外，還有一件刻骨銘心且無比重要的事，那就是挑燈夜讀。每逢月考約莫前一週左右，當晚上十點寢室熄燈後，交誼廳與昏黃燈柱下，早被有心的同學佔去了光線較亮的位置；此時就得在沿廊下，就著朦朧的光線一邊讀書一邊與張狂的蚊子奮戰；而冬天除了光線的問題外，還要在凜冽寒風中，與低溫和瞌睡蟲進行拉鋸戰；現實環境再再考驗著想要趕快把書讀完、讀通的決心與毅力。

師專五年增進了我獨立自主與善用時間的能力，最重要的是，在各位師長諄諄教誨、春風化雨的潛移默化中，我逐漸有了一位師專生該有的專業能力與面對問題和不怕困難的精神。

等到自己站在講臺正式上課的那一刻，我告訴自己：我也要像教過我的老師那樣，永遠讓學生充滿欣喜與期待。

轉彎處風景更美

「語言是文學的基礎，文字是語言的工具。」一，畢業後，我一邊教書一邊完成大學與研究所的課業；而從學生時代開始到擔任教職，本身一直參與國語文領域的比賽與各項指導工作；因此，對國語文方面的興趣特別濃厚，感受力也特別強；這當中，無論在臺北市賽或全國比賽，無論在朗讀或演說比賽都得獎無數。

二〇〇〇年，我被當時服務的臺北市福德國小指派擔任全臺北市閩南語觀摩教學的工作。學校課程向來沒有鄉土語言這一門，這是破天荒頭一遭。在被指派擔任全臺北市第一次的觀摩教學工作的同時，腦海中浮現出：閩南語該怎麼教？教學觀摩該怎麼做？師專、大學、研究所，都沒有這樣的課程……

我的壓力好大、時間好緊迫，因此，在接到任務的那一年寒假，我幾乎把所有的時間用在參加相關研習與搜尋可用的各種資訊；努力學習教授閩南語一定要會的工具——羅馬拼音，以及具有本土文化之美的詩歌、俚語、諺語……等，希望教學不但具有語言溝通的功能，也能具有文學與文化的內涵。

就這樣順利完成了該次的全臺北市閩南語教學觀摩，接著來年，又再次擔任此項工作，並向當時的臺北市馬英九市長多次做相關的教學演示與說明教學現況；因此，從九十學年度本土語言納入正式課程之後，我在語文領域的耕耘園地又多了一塊——由專門指導國語文比賽的老師，轉換跑道成為專任的閩南語教師和輔導團團員與教育部的種子教師。我告訴自己：這是挑戰與學習。人生要活到老學到老，只要有決心、有毅力，沒有衝不破的難關、沒有做不到的事；任何時候，當什麼就要像什麼，一定要全力以赴。

本土語言教學的這塊園地，雖然一個禮拜才一節課，但揮灑的空間很大，可以有很多的創意與彈性。我要求自己在教學的用語方面要轉變成雙聲道甚至是多聲道，才能進行有效能的溝通與教學；漸漸地，任教的學生見了我，他們也會立刻改變語言頻道，從「國語廣播電臺」轉變成「寶島之聲」很熱情地對我說：「老師賢早、老師再見」。

緊接著，從二〇〇九年起，受國立教育研究院之聘，擔任教育部九年一貫閩南語教科書審查委員；此時，更深刻感受到為教育品質把關的重責大任，也很高興自己能從事這一個有意義的工作，能與學有專攻的教授與教育部代表委員和全國其他兩位現職的國小老師，一起參與教科書的審查工作，為一本本有品質的教材做認證。

進入教育界的桃花源

二〇一二年從公立學校退休後，隨即受聘進入臺北市私立復興實驗高級中學任教。一般人認為「她」是私立學校中的LV，其實，私立復興實驗高級中學是一所「立足傳統、放眼國際」以培育德、智、體、群、美五育並重，能服務人群、貢獻社會，要求學生要孝順父母、尊敬師長、友愛同學、愛家、愛校、愛國，教學務實又追求卓越的學校。

一九四六年創辦人林慎女士於臺北市南陽街創辦復興幼稚園，她是板橋林家人。求學於北京大學和廈門大學，也是臺灣第一位民選的女立委。一九四五年抗戰勝利後於一九四六年回到臺北，當時與婦女界的前輩看到社會民生凋蔽，深刻感覺到教育的重要必須及早從小紮根；因此，創辦私立復興幼稚園。一九五二年成立復興小學部，一九六八年成立復興國中部，二〇〇六年復興高中隨之成立，同時更名為「私立復興實驗高級中學」。

這當中，一九九一年創校董事長林慎女士過世後，由現任董事長李尹緒英女士掌舵；二〇〇一年在建築師姚仁喜先生的擘畫下，及董事會和學校全體同仁同心協力、共體時艱，忍耐上課的不便與辛勞、孜孜矻矻於教育崗位上，經過前後八年的時間，完成了地上八層地下三層的校舍改建工程。校舍改建完成之後，一點二公頃的土地面積上，有三千五百多位學生能夠在這塊樂園快樂的學習與成長。

復興的校訓是「敬業樂群」。其內涵是：把書讀好、把人做對、多元發展。因為重視傳統道德教育，所以，小學的班名以「八德」名之：忠、孝、仁、愛、信、義、和、平；中學班名以「三達德」稱呼：智、仁、勇、信、望、愛、慧、和。李尹董事長認為：「復興」的精神就是要發揚中華文化延續民族的傳統與特色，她認這是每個復興人的責任。

就以繁體字和簡體字在字形寫法的差異性來說，李尹董事長認為：簡體字的「愛」字沒有了心，那要怎麼去愛呢？麵包的「麵」缺少了「麥」，哪能做成麵包？「遊」戲的「遊」和「游」泳的「游」若是同一個字，那就失去字本身的意義了；因此，她認為在教學方面，一定要教給學生最正確、最純粹的中華文字；所以，除了使用選定的版本之外，各年級都有教授文化教材——低年級：三字經、弟子規；中年級：唐詩、宋詞；高年級：論語教材。

在尊重傳統維護文化方面，除了注重日常教學對學生氣質與品德的陶冶外，每年的雙十國慶遊行一定盛大舉行，同步慶祝國家的生日。隊伍從敦化南路行經仁愛路再繞過忠孝東路回到學校大門口；全校師生歡欣鼓舞，由鼓號樂隊領頭開道，一路受到家長、店家及行人的駐足觀看與鼓掌。另外，每年十一月十二日國中、小各有一個學年，從學校出發健行到國父紀念館，由李尹董事長率領所有行政主管暨代表的學年同學，在國父銅像前向國父獻花致敬，感念他堅持民主自由、建國維艱，才能讓我們享有安定、自由、繁榮的生活。

在尊敬師長方面，學校對資深老師特別的看重，認為那是學校最大的資產。因為他們能對教育工作長久的堅持並有豐富的教學經驗，所以非常講究同事間的倫理，新進教師必須謙虛地的向資深老師請益；而對於退休同仁也定期舉行聚餐及旅遊參觀活動，認為他們是退而不休、永遠的復興人，復興因為有他們才得以成長茁壯，非常歡迎他們隨時回「娘家」。

此外，復興有最具愛心、耐心、苦心和用心的家長，只要是教學上的需求，他們必定全力以赴。如：捐書到偏鄉活動、愛心慰訪弱勢機構與團體、歲末禮物鞋盒送暖活動、捐款助貧、助弱活動，以及期末的英語成果發表會，處處可見復興的家長以身作則、全心全意樂於付出，做孩子最好的榜樣、當老師最好的助手、成為學校最堅強的後盾。

在這樣的一塊教育桃花源地，讓老師能愉快、專心、安心的教學，所以，每年在語文、奧林匹亞數學、合唱、管樂、弦樂、武術、科展、機器人及資通訊應用大賽各個方面的比賽，都能夠脫穎而出、技冠群英，迭創佳績；而個人除了以往在語文方面的展現與成績表現外，也開拓參賽的項目與領域，如：指導學生連續四年獲得臺北市學習檔案特優、國際網際網路寫作比賽國際銀牌、電子書比賽連續兩年特優及學生編劇比賽特優。

最大的榮耀　最快樂的時刻

教室有如一間實驗室，每一節課都有新的變項、新的挑戰，學生的眼神與表情為我的教學打分數，他們是最真實、最好的回饋；因此，常常思索什麼樣的教材、什麼樣的教法可以引起學生的興趣與共鳴？能讓他們學得有趣、學得好、學得精；只期望學生不但能夠喜歡學習，更期望他們能「做中學」，做一個擁有生活能力與解決生活問題的人；如果能夠進一步「做中覺」，做一個對生活有感覺、對人有感情，事事能感恩的孩子；能夠給人溫暖與關懷，對社會能夠服務與奉獻，那就是我們從事教育者最大的榮耀了。

教學這麼多年來，深深體驗到「教學是一種藝術」這句話；因為，每年不同的班級、不同的學生，他們給我的回饋都不一樣；就因為有不一樣的回饋，我才能不斷的修正，思索最適合他們的教學策略，所謂「教學相長」應該就是這樣吧！每當在課堂上與學生四目相交的時刻，看到他們眼神中閃耀的光彩，那就是我最快樂的時候。

感謝一切的一切，讓我能在所愛的教學路上實現自我，體驗美好的人生。

李尹董事長率領學生至國父紀念館行禮致敬

國父誕辰紀念日的健行致敬活動

雙十節國慶歡喜遊行

具中華傳統特色的國術比賽

五 舟子之歌

謝淑熙

「尋夢撐一隻長篙，向青春更深處漫溯，滿載一船星輝，在星輝斑爛裡放歌。」

——徐志摩 再別康橋

壹 儒家思想的鍾情

每位為人師表者，猶如掌舵之舟子，駕馭著風帆，乘長風破萬里浪，期許每位莘莘學子航向人生成功之彼岸。過盡千帆，有航向成功之目標者；有行船遇到礁石而擱淺者。教學之甘苦，細數不盡，如人飲水、冷暖自知，非筆墨所能道盡。

卅餘載之教學生涯，在歲月之長流中澎湃奔騰，沉潛在中國語文的教學天地裡，有歷史的縱深、有情感的浩瀚，孔子的求仁、孟子的取義、文天祥的正氣，世代相傳，與日月同光。藉由古聖先賢的智慧結晶，引領莘莘學子開啟中國文學的堂奧，給他們倫理道德的涵養，引導他們認識儒家思想的精髓，重新塑造固有文化的價值觀。

在詩詞的教學上，那綺麗的千古絕唱，導入心田，可以怡情養性，啟迪人生，進而培養學生具有高雅的情操。

貳　傳道授業的甘苦

在國語文競賽方面，除了期許自我在課餘努力寫作，並且參與各項徵文、論文比賽、詩歌吟唱比賽，小有佳績出現。曾榮獲中華文化復興論文競賽中學教師組佳作、中華民國商業教育學會徵文比賽第一名、第二名、第三名、中華民國全國教育學會教育徵文比賽第三名、臺北市愛國作文比賽第三名、桃園縣社會組徵文比賽第一名、全國鄉土語文競賽客家詩歌吟唱社會組第一名……等。在指導學生方面，經常勉勵學生「做任何事，不是被動的等待，而要積極的參與。」因此學生也有非凡的表現，曾榮獲全省高中職組道德教育小小說組第一名、全國高級中等學校跨校網路讀書會小論文比賽第一名、中華民國商業教育學會高職組論文比賽第一名、第二名、第三名；全國鄉土語文競賽客家詩歌吟唱高職組第一名、桃園縣語文競賽高中職組朗讀第二名、桃園縣語文競賽高中職組作文第三名、桃園縣語文競賽高中職組客家語演說第三名等獎項。

在擔任導師及教授國文課程之餘，並且兼任學校校刊編輯社的指導老師。經由師生的合作，一本本字字珠璣的中壢家商青年，開啟了莘莘學子的智慧之窗。卅餘載的教學生涯，一路走來，回首前塵，不敢自詡桃李滿天下，但不斷的筆耕，也略有斬獲。曾於一九九四年榮獲教育部高級中等學校人文學科教學優良獎、二○○四年榮獲桃園縣第一屆 SUPER 教師薪傳獎，這份殊榮，不啻是自己在教學生涯中的一大鼓舞，使我對自己的付出無怨無悔，並且要秉持著「歡喜做，甘願受」的教育理念，發揮所學，以回饋社會國家。二○○五年三月得到桃園文藝作家協會理事長之牽引及秀威資訊公司之贊助，將個人數十年之教學心得及藝文創作、教育論文、碩士論文等著作付梓成——《過盡千帆——向文學園地漫溯》、《不畏浮雲遮望眼——回首教改來時路》、《道貫古今——孔子禮樂觀所蘊含之教育思想》等三本書，使我能夠一圓出書夢，更黽勉自己要再接再厲。

參　圖書主任的挑戰

二○○三年承蒙學校校長的提攜與鼓勵，接掌圖書館主任一職，新的職務是我從事教職的另一項任重道遠的挑戰。個人於二○○六年七月三日至七月七日至葡萄牙里斯本大學所舉辦 IASL 年會（世界學校圖書館年會）中發表論文，題目是〈從知識管理談推動班級讀書會的理念與作法〉（Discussing the theory and practice of Propelling

Class from the aspect of knowledge），二〇〇八年八月五日至八月八日至美國加州柏克萊大學參加 IASL 年會，並發表論文，題目是〈高級中學圖書館的利用教育——從推動班級讀書會談起〉（Discussing Senior HighSchool Library-using Education from Propelling Class Reading Club）葡萄牙與美國之行，讓我深切體會到在知識經濟時代，知識已成為運籌帷幄、決勝千里的關鍵，因此如何引導學生善用圖書館的資源，來充實自我的見聞，以營造良好的校園讀書風氣，是學校圖書館要全力以赴的教育目標。

在廿一世紀知識經濟蓬勃發展的時代中，多元化的教育思潮，不斷衝擊著臺灣的未來，因此終身學習（learning throughlife）已成為前瞻未來的指標。美國學校圖書館員學會（American Association of School Librarians，簡稱 AASL）曾於二〇〇七提出「廿一世紀學習者應具備的準則」（Standards for the 21st Century Learner），指出學校課程應培養學生批判思考、獲取知識、應用知識、創造知識、分享知識以及參與社會發展的能力。筆者離開中學教職後，仍繼續擔任臺灣圖書館館員學會常務監事，近十年來經常參加兩岸四地圖書館閱讀論壇，並發表論文與寫下參訪各地的遊記，於二〇一七年出版《研閱以窮照——閱讀教學的新意義》一書，全書內容涵蘊閱讀教學理論、閱讀教學實例、閱讀參訪活動等三部分，並引用《文心雕龍・神思篇》上說：「積學以儲寶，酌理以富才，研閱以窮照，馴致以懌辭。」說明閱讀書籍，可以擷取書中的精華，充實自我的見聞，體驗實際生活，增進觀察的能力，並運用文思，以表達自己的真知灼見，足證閱讀與寫作的練習猶如一體的兩面。因此，筆者引用「研閱以窮照──閱讀教學的新意義」為拙著之書名，期許大家藉由閱讀，使心靈透徹明朗，以開啟一扇通往世界的窗。

肆　積學儲寶的感悟

忝為人師，常有「學然後知不足，教然後知困」之感，並且深切體認到「人生的成功，在於日積月累努力不輟的學習。」因此在自己的工作崗位上，除了傳道、授業、解惑之外，更以「日知其所無，月無忘其所能」的態度，來充實自我的知識領域。二〇〇四年在林安梧教授指導下，以《孔子禮樂觀所蘊含教育思想研究》獲得國立臺灣師範大學教學碩士學位。四年的進修生涯，親炙良師的諄諄教誨與益友的切磋琢磨，使我能夠在涓涓不塞之學術洪流中，尋幽探勝，採擷珠玉，收穫滿行囊，令我銘感五中。

《莊子．養生主》中說：「吾生也有涯，而知也無涯。」因個人之生涯規劃，於二〇〇八年七月辦理退休，同年九月進入臺北市立大學中國語文學系博士班就讀，藉由進修深造之機會，努力鑽研苞蘊宏富、浩如煙海的中國學術思想；經由博學鴻儒之教誨，使自己能夠積學以儲寶，以提昇寫作學術論文之能力；酌理以富才，以樹立良好之治學方法；研閱以窮照，以拓展宏觀的視野及提昇教學的專業知能，讓古典文學與現代文學兩者相輔相成，進而重新塑造中國文化之價值觀。又幸承蒙臺北市立大學林慶彰教授、國立臺灣師範大學賴貴三教授指導，二〇一二年以《黃以周《禮書通故》研究》榮獲文學博士學位。在博士論文的創作上，從建構題目、爬梳資料、字斟句酌，到順利完稿，感恩感謝業師之殷切指導與鼓勵，為我指點迷津，減少迂迴摸索之困境，令我銘記在心。

伍　恩師教誨的啟發

人生的相遇是緣起，相知是緣定。猶記得與光憲老師初次相遇，是在市立臺北教

與博士論文指導教授師大國文系主任賴貴三教授合影留念

育大學的教授休息室，老師溫文儒雅的學者氣質與平易近人的仁者風範，讓我留下深刻的印象。第二次與光憲老師見面，是我送三本拙著《過盡千帆——向文學園地漫溯》、《不畏浮雲遮望眼——回首教改來時路》、《道貫古今——孔子禮樂觀所蘊含之教育思想》，敬請老師撥冗指教。當老師看到我的名字，頓時揭開塵封已久的往事，原來從前在中學執教時，每年都代表學校參加中華民國商業職業教育學會教育徵文比賽，當年的評審老師就是德明商專的校長陳光憲教授。感恩感謝老師的提攜與指教，讓我很榮幸每年都得獎，並獲得五次的第一名。與老師的相遇相識，心扉深處洋溢著發現的歡喜與懷舊的感動。

我雖然無緣在課堂上親炙光憲老師的教誨，但教室外的天空卻是無限的寬廣，老師經常在 Line 上分享日新又新的教學理念，教學生涯的點點滴滴，猶如一部真實感人的教育短片，輝煌的扉頁，令人敬佩，辛苦的一面，令人動容，是為人師表的標竿。光憲老師好學不厭，誨人不倦的精神，更是學生學習的典範。眾善奉行，神采飛揚，心中有愛，與人為善；人生兩件事，說話讓人喜歡，做事讓人感動，多看看賞心悅目的美景，多感恩深情對您關懷的親友，這些金玉良言，是老師待人處事的哲學，寓意深遠，讓我受益良多。經由老師的精心策畫與鼎力提攜，讓我有幸參與國學視頻的製作，提升教學的視野。經師易遇，人師難求。光憲老師是位具有仁者襟懷的博學鴻儒，以「為天地立心，為生民立命，為往聖繼絕學，為萬世開太平」的宏願，獻身教育，桃李滿天下，嘉惠士林學子，學生與有榮焉。

陸　宣揚文教的宏願

明儒高景逸說：「天下不患無政事，但患無學術，學術正則心術正……故學術者，天下之本。」正說明了中國學術經緯萬端，致廣大而盡精微，極高明而道中庸，足以濟世救國。張潮在《幽夢影》一書中說：「有工夫讀書謂之福。」的確在廿一世紀資訊科技發達的時代裡，掌握日新月異的新知，就是運籌帷幄決勝千里的關鍵；而終身學習，則是走出知識迷宮的指南。於二〇一七年筆者出版《禮學思想的新探索》一書，全書內容涵蘊禮學典籍研究、禮學思想研究、易禮思想研究等三部分，皆是筆者在博士班讀書治學過程與在大學執教過程中，發現問題、窮究問題，在探賾索隱中，爬梳古籍原典，並觀照學術思想所蘊涵的時代精神，與儒家禮學之精義，讓古典文學與現代文學兩者相輔相成，進而重新塑造禮學之時代精神。

孔子說：「人能弘道，非道弘人。」教育是引領國家進步的標竿，而背後的推動力是教師。因此期許自己，以教育家劉真的名言：「要端正教育界的風氣，達成良師興國的使命，就要樹立新的觀念，表現新的精神，抱『振衰起弊』的宏願，作『盡其

光憲老師生日同學於實踐大學餐敘合影留念

在我』的努力，不憂不懼，立己立人。」自勉，來點燃知識的火炬，讓終身學習之教育願景，向下紮根，向上發展，進而達到教學相長之理想目標。除了以經師自我期許外，更應負起人師的責任，充實自我的知能以表率群倫，把握「因材施教」、「有教無類」的原則，循循善誘學生，以引領學生進入傳統文化之領域，給他們倫理道德的涵養，深入探討儒家思想之精髓，以弘揚孔孟學說，撥亂反正，從根救起我國固有的道德知能，使學生的身心得到健全發展，進而達到教學相長的理想目標。

六 傳燈之路　與我同行

張明玉

猶記得，在大學畢業後第一次參加代理教師甄試的面試中，主考官問我：「為什麼想來教書？」我的回答是：「自大學起在安親班打工、到學校擔任短期代課教師，讓我深深愛上這份工作，我覺得講臺就是我的人生舞臺！」很幸運的，我得到了一整年長期代課的機會，我的教學生涯也展開了序幕。

之後的四年，我在沒有教育理論基礎之下，摸索更好的教學方法，幸而有許多好同事經驗分享，讓我在短時間吸收了前輩的經驗，也從帶班中得到成就感。於此同時，經常想起我念高職時教我三年國文的鐘素敏老師，她用淺顯易懂的語言講解課文，帶領我們和李白一同舉杯邀月喝酒、與杜甫一同登樓吹風。她總是運用溫暖又正向言辭鼓勵學生，經常與我們分享她的旅遊心得、人生經驗，並教導學生「以誠待人，以勇任事」，讓正值青春年少的我們留下深刻難忘的印象。

自己當了老師之後，亦運用這些方法，用熱誠受到家長的肯定，以愛心得到學生的信任，自己也更加確定未來的人生志業就是從事教育工作。終於在代課的第四年，有幸從一千八百位應試者中成為教育學分班的五十人之一。那年我懷著兒子，每天搭公車、捷運上課，讀書、寫報告、自我精進，但不以為苦。一年研修四十三個教育學分，並與四年來的教學經驗結合，頗有心領神會之感，也讓我體會到「理論」與「實務」相互結合的重要。之後又於公小代課兩年，再進入私小服務。

在私小的第二年，我報考了臺北市立教育大學的語文教育研究所，在工作時間漫長、工作壓力沉重的同時，我又開始找尋能夠讓自己熱血沸騰的事情，更重要的，我要找到我的典範教育家——陳光憲教授。就讀高職時就認識了陳教授，當時我們喊他：「師丈！」如今已成為我的典範教師。

在我志得意滿之時，他用易經哲理告訴我：「謙謙君子，卑以自牧。」以謙遜的態度作為修身養性的準則，並用「滿招損，謙受益。」來自我警惕。在我工作不順利陷入低潮時，他鼓勵我：「逆境時要忍耐，一定會否極泰來。」在我因工作忙碌而暫停碩士論文時，他提醒我身體健康的重要，論文慢慢寫……。無論是對學生的提醒、鼓勵與關懷，再再都顯現了陳教授的學者風範與教育之愛，對我而言，陳教授的一言一行，如同暮鼓晨鐘般，讓我時時刻刻省思自己的教學，要怎麼做才會更好？

人生中遇到這兩位恩師，我可以說是最幸運的學生了！在我年少徬徨迷惘時，鐘老師舉起明燈，為我指引了人生的方向；在我將要對教育失望時，陳教授為我點燃了心中對教育的燈火，讓我繼續在人生的舞臺上發光發熱。「虛空有盡，我願無窮。」我願奉獻畢生所學，將兩位恩師的教育燈火持續傳遞，直至油盡燈枯的那一天。

參

亞裔之光，熱情奉獻

方怡文

現　任─加州資深商業、住宅房地產經紀人、中華學術文教基金會顧問及新聞媒體發展委員會副主委、Grace Fang and Ray Liao 團隊在南加房地產業服務。

經　歷─臺視新聞記者、主播、主持人、資深製作人、採訪主任、副理；專案中心組長、副執行長。臺視財經臺副執行長、「讀領風騷」（與一名企業家介紹一本書）訪談節目製作人兼主持人。客家電視臺創臺企畫及新聞總監、中國電視公司「九十分鐘」新聞雜誌記者、王榕生時裝雜誌社記者、編譯、美國基督教浸信會廣播節目製作人及主持人、美國洛城十八臺周間晨間帶狀直播新聞節目「Power Breakfast」製作人。
以文心、文欣、方璞等筆名，於中國時報及聯合報撰稿、寫專欄經年。以教育部「大學講師證」，兼任於文化大學、淡江大學、銘傳大學等校負責教授「電視採訪寫作」及「採訪寫作理論與實務」等課與周慶祥合著《新聞採訪原理與實務》分別於正中及風雲論壇出版社出版（發行五版）。一枝草，一點露。有夢想就有希望。謀事在人，成事在天；要勇敢地朝著標竿直跑！

一 恩典與祝福

方怡文

築夢踏實

國一老師替我做性向測驗，幫我早早確定長大後適合做記者。不過，身為國小老師的父母卻希望我做生意。由於我高中聯考失利，只能聽從父母的安排去念商專。報到那天，一位我不認識的同一國中畢業同學問我「你怎麼會到這裡來？」讓我當場掉下眼淚來。不開心的日子，在細心的陳光憲校長發現後結束。校長鼓勵我插班大學，還派才專一的我去參加「救國團大專社團負責人研習營」！社團活動因此成為我的副修。我當社長時，校方容許「啟言社」在午休時間主辦新生班際演講及辯論比賽，我和幹部得以從中挑選優勝者加入社團。校方還為我們聘請熟悉剛引進國內的奧勒岡辯論的李家德老師和校內社團指導老師張翠寶一起帶我們學習演辯技巧。難得的是老師們給我大小賽事參賽者的指派權，社友們表現優異，連連獲獎，我既開心又驕傲！也因此開始學著如何端平一碗水。

由於我參加「全國大專英語演講比賽」獲得優勝，父母對於我插班大學的科系意見歧異，我便主張考新聞系。最後爸媽決定我「只能考一次，沒考上就得去上班！」爸爸還找他在中央日報任職學生的勸我打消這個念頭，看我一意孤行，爸鐵青著臉罵我，「我們又沒有背景，妳想當記者，還是電視記者？想站在馬路上嘴巴張大大的，喝西北風喝到飽嗎？」專科畢業那個暑假，我跟全國英語演講優勝得主一起受訓，每天必須先做完英語集訓營的功課才能開始準備插班考試。夜裡聽著野貓叫春淒厲的聲音總叫我毛骨悚然。一日請求室友留下聖經陪我壯膽，雖然四下無人，我還是很不好意思的伸出右手點在聖經上禱告：「如果祢是神，求祢給我開一個小小的縫，讓我閃身進去看看屬於這個行業的美麗。假如不適合，請祢嚴嚴實實的關閉所有門窗，不要留下任何空隙，開我玩笑。」結果，我以第二名考上文大日間部新聞系。由於日間部新聞系只錄取兩個人，當年政大新聞系又不招收插班生，所以，上帝真的把最好的機會賞給了我！大二那年我受洗成為基督徒；這張入場券改變了我的人生軌跡。

第一學期我的第一篇新聞稿得四十九分。同一學期《文化一周》我獨家專訪楊金欉市長夫人，比主流媒體早三個星期出稿，歐陽醇老師特別跟我握手道喜！大二下，老師派我擔任《文化一周》總主筆，帶領四人主筆群主持社論。除了第一個學期第二名，第二學期第三名，以後我都是第一名，拿遍董顯光、陳布雷和陳香梅三大新聞獎學金。大二下每個月我帶著自己的錄音去中廣見白銀阿姨，最初進播音室開口一分鐘不到就聽到「調門不對」被喊出來，這一出來就是一個月後再見。持續一年後，終於有天我在播音室唸完了新聞稿！白阿姨要我到她的「快樂兒童」節目發聲，可惜我分身乏術。因為大三遴選上「王榕生時裝雜誌」編輯開始半工半讀。大四中視「九十分鐘」徵才，我幸運成為採訪記者。工作一年後我轉做廣播，半年後到密蘇里新聞學院修碩士。取得學位離開美國的那年和隔年，我兩度採訪解體前的蘇聯，報導戈巴喬夫到葉爾欽時代蘇聯從超強走向分裂。當記者時我的採訪對象從總統到乞丐，從庶民到知名人士如曼德拉等，他們都教導我不少人生道理。我也曾專訪二二八事件，花數個月時間找出、並紀錄歷史見證者還原現場的唏噓！第一次政黨輪替後，我轉到視聽中心負責影音版權銷售與談判及政府標案企劃。陳水扁競選連任前，銜命擔任客家電視臺創臺企劃。

都是祝福

臺視得標後，我奉派組建新聞中心，客委會的目標是一天播出一節新聞即可交差；我們團隊以同樣的預算，三個月內完成招考、訓練到一天四節新聞直播。當時客臺新聞政策異於主流，在媒體間猶如一股清流；客委會主委要我接掌客臺執行長，我分享如何將客臺做大做強的藍圖，留下祝福交棒出去。三一九案發生時，我剛好負責臺視編輯臺；以禱告的心守護新聞部，督導政治立場不同的同事分頭查證、報導。因應數位化臺視經營財經臺，奉派擔任副執行長協助開發新領域。臺視公司民營化前，我奉命企劃財經臺和新聞部合併規劃，完成三至五年後財務、人力、節目與節目表一覽後，我結算年資，旋即前往北京大學攻讀博士。

在北大，雖然一年就修完所需課程，可博導要我在校再多待一學期和他發表研究後才能開題寫論文。由於家父母年邁、兒女幼小都需要照顧，只能斷然退學返美。到美後發出求職申請，知名房仲人事主動來電安排性向測驗，發現我很適合當房地產經紀；同時間我也接獲洛城十八臺晨間新聞製作人一職。便挑熟悉的新聞工作，每天往返一百英哩，半夜三點打卡上班，下午二、三點才能下班。因為預算和人力短缺，每天兩小時直播信息供應量大，我經常得加班加點，甚至缺席女兒小學畢業典禮。趕在文大博士修業年限結束前取得博士學位，給兒女好榜樣。另外，多謝神垂聽我們夫婦天天越洋電話禱告，臺電奇蹟准許員工自請退休，外子剛好低空通過早退年限，一家在美團圓。在異鄉凡事靠上帝。藉著禱告一次考到執照，夫妻搭檔從事房地產。第二年業績竟然就擠上年度名人堂排行榜。無意間聽新進同事透露白人經理以我們夫妻為例鼓舞新進同事：「英語是他們的第二語言，中年轉業，又沒有銷售經驗，如果他們能成功，你們也能！」他不知道其實是神祝福，我們的業績才能超過千萬！

我們深知道上帝透過我們祝福別人，讓我們也因此蒙恩！我們不只幫助客戶安家，還協助客戶投資、立業，和他們分享養兒育女的經驗和資源，開心地看見客戶在異鄉站立得住，彼此像朋友、家人一樣互相扶持。我們夫婦也按照當初計畫，送家父回歸天家。目前，老母健康，有我們手足承歡膝下。小兒自南加大畢業後，現在波士頓管顧工作且正在申請研究所；小女畢業於西北大學，領了獎學金，今夏進入俄亥俄州立大學讀醫科。歲月靜好應是這般。

回首前半生，如果沒有上帝，深信我的生命故事定將截然不同。我得感謝神的恩待！

作者簡介

楊愛倫

經　歷—生於臺灣臺北市，後移民美國，當選紐約州州眾議員時最高學歷為臺北德明商業專科學校（即德明財經科技大學），是美國東岸首位當選公職之亞裔女性與臺灣裔女性。現任紐約最高法院律師懲戒委員會首位亞裔委員，基督教角聲金齡學苑校長，與楊愛倫美國諮詢公司總裁。二〇一二年六十歲時，她以全A成績、全額獎學金及「完美學術院長獎」榮獲紐約聖若望大學亞洲研究所頒發文學碩士學位，樹立學無止境的典範。

維基百科—https://zh.wikipedia.org/wiki/%E6%A5%8A%E6%84%9B%E5%80%AB

美國華裔眾議員 楊愛倫

老師：
思敏與美枝想像老師現在的模樣，
您真是未浪得不老虛名，
這麼多架相機拍了照，只有您交得出貨來，
電腦知識也強過我們，簡直不輸18歲的！
依舊是我們的楷模... 佩服！

恭祝 老師生日快樂！健康如意！
感謝 老師在我們年輕歲月時的
殷切教導與期盼，
您的身教言教，對我們有著深遠影響，永遠是位楷模～

右起李威侃博士、陳光憲教授、美國紐約州前眾議員楊愛倫女士

二 請不要跟我談抗戰勝利的事

楊愛倫

請不要跟我談抗戰勝利的事，因為母親的痛，就是我的痛，就在那天抗戰勝利，而我歷經苦難的外婆卻過世了，整整七十年前。

首部曲

原本一切都是那麼美好，母親與手足隨著外公外婆，渡江到淮陰去探望在衛生院工作的叔叔一家，大人敘舊孩子嬉耍，一切，都是那麼地美好。

不料，日軍侵華，突然轟炸淮陰地區，從未見過砲彈的孩子們驚惶失措頓失歡笑，大人們必須在倉促中做出最能保護家眷的決定。為躲避日軍暴行，外公離開他任職上海公報的資深記者工作，帶著一家子倉忙啟程共隨逃難大潮，一路坎坷顛簸地從徐州鄭州經過漢口銅仁晃縣抵達乾城…但，這還不夠，外公必須設法到達源陵，那是個唯一可通往湖南的公路起點站，據稱，有個山區凹地位於湖南，那個地勢，是日軍飛機無法進行轟炸的區域，外公告訴自己，必須逃到那兒去。母親說，她永遠難忘躲在黑漆漆防空壕裡的驚恐，來不及躲避轟炸時，必須就地奔逃，然後得在被炸後的屍體中滿地尋找她失散的弟弟們。殘忍日軍對中國人的暴行消息不斷傳來，女孩都被扮醜，越醜越好。母親衣衫襤褸臉上塗滿炭灰身心俱疲驚慌，不斷禱告萬一遇上日軍時能因為邋遢而逃過一劫。哭鬧的孩子，一聽到：「別哭，鬼子來了！」，都會乖乖地立刻自動噤聲。

逃難途中，徐家還迎來我四舅的誕生，一家人食指浩繁貧困狼狽。外公毫無逃難準備自然沒有盤纏，但就算當時手中有點錢，也根本買不到東西裹腹。飢餓，就像千萬隻小蟲，啃噬孩子們的身體，每個人都骨瘦如柴步履闌珊，四舅差點被送給當地人收養。國軍在前面拔營後，餘留在地面冒煙的殘羹，人們撿起來就塞入口裡狼吞虎嚥，動作還得要快，因為，餓肚子的可不止你一家人哪！就這樣，半家人從江蘇拖沓到了湖南，為什麼又說是半家人呢？因為我兩個十來歲的阿姨正在上海念書，我曾祖母在晉江的老家，倚門殷殷盼望兒孫們的歸巢。

在湘西乾城縣裡，一間廟宇改裝的臨時醫院，病床上躺著產後虛弱罹患傷寒的外婆，母親也因染患傷寒加上焦慮而掉光了頭髮。廟裡隔出兩小間房，唯一的醫生姓李，帶著太太兒子住一間，外公外婆、母親和四個弟弟都擠在另一小間房裡。附近有些頭上包彩布臉上有顏色的苗人，說著聽不懂的方言。母親至今仍會做惡夢，夜裡上廁所，她在惡夜中獨自爬上層層石階的恐懼。

那天，外婆病重已幾乎測不出脈搏之日，滿街鞭炮傳遞抗戰結束的消息，憂心忡忡的母親附耳垂危的外婆：「姆媽～姆媽～醒醒，抗戰勝利啦，我們可以回家了」。外婆的脈搏冉冉升起，眼珠在眼皮下微微轉動，當晚，卻停止了呼吸……

外公是位讀書人，不諳家務，九歲失學開始逃難的母親，此時才十六歲，一肩擔起照顧四個弟弟的責任。

我是母親的貼心小暖包，她什麼心事都喜歡叨念給我，這些故事我也聽了不止千百回，她時常感嘆，在兵荒馬亂的時代，未曾擁有一張外婆的相片，草草埋葬外婆的地點亦不復記憶。

原本家中有奶媽丫鬟的外婆，逃難途中受盡折磨而逝，母親也在小小年紀歷經跋涉逃難，乞討大米煮湯餵養她襁褓中差點被外

Dear Mom

公送人收養的小弟。什麼叫做童年，她問我。

二部曲

由於我按照母親的方式教養孩子，於是，不知不覺對女兒珊珊一再重述她外婆的歷險故事，珊珊也成為我的小暖包。在她念小學四年級時，學校要求每個學生提供一篇作文慶祝美國婦女月，題目是「英勇女性的迴響」。知道女兒決定寫出她外婆故事的原因時，我是有點驚訝，這個丫頭竟然默默記住媽媽的叮嚀：「妳長大後，什麼人都可以嫁，就千萬不能嫁給日本人。」

「為什麼呀？」

「因為妳外婆憎恨日本人，她會被氣死的。」為此，我們花了鉅資特別打長途電話到臺灣，向母親詢問詳情，母親雖然不願回想當年的苦難，但為心愛的外孫女能夠完成作業，她仍不厭其煩重走一遍痛苦的回憶。珊珊是個很讓人省心的孩子，洋洋灑灑寫了一大篇交卷，從小在中英文學校都名列前茅，文筆自然了得，更何況，英文寫作我也幫不了她多少忙。她完工時，我一面燒飯一面聽她朗讀，內容沒有錯誤，似乎還挺感人的。她這篇文章拿到全班第一就已經很開心，接著是全年級第一，直到被遴選代表公立一二八小學參加全紐約市作文比賽得了獎，我才著實欣慰地再次花鉅資打長途電話稟報母親，聽得出來，她在另外那頭的感慨：「時代悲劇呀」她說「不要再跟我談抗戰勝利的事了」。

區長舒曼親自頒獎給珊珊那天，我請假盛裝出席，並告訴區長，類似我母親的故事不知凡幾，世界需要知道中國人所遭遇過的侵略與苦難。當然，也得告訴她，我出生自中華民國空軍家庭，父親是響應「十萬青年十萬軍」投筆從戎抗日少年代表之一，家父囑我表達誠摯感謝美國軍隊助華抗日，否則，還有更多受苦受難的悲劇發生。

三部曲

二〇〇八年，我騎腳踏車被汽車追撞差點喪命，卻也塞翁失馬，自紐約州眾議會卸任後徒增許多時空，除了復建就是陪伴家人。二〇〇九年春節，赴洛杉磯陪伴父母過春節，六月底父親因器官衰竭住院，頑強的革命軍人拔管後仍呼吸均勻久久不歇，我在父親床前數次附耳：「爸，請您放心走吧，我會好好照顧媽

33 surprise

咪，我們會在天堂相聚的」，父親走時極其安詳，面容發光毫無瑕疵。

九十高齡辭世人稱喜喪，為了安慰母親，我不敢在她面前掉淚。靠著洛杉磯空小校友們的協助和紐約好友們的支持，我親手打理父親葬禮書寫先生的生平，更體驗對日抗戰予我上一代的巨大影響。事後，我盯著自十九歲便與父親相濡以沫的母親，請她打起精神振作堅強點，不用再擔心如何照顧父親了，她想去哪旅行散心，女兒都會隨侍在側。三個月後，她把我叫到跟前，告訴我，她打算應我之邀，出去一趟。我問她想去哪裡，乍聽之下，幾乎不敢相信自己的耳朵！她諾諾地說：「我想去日本」「不，不去東京，要去鄉下，一個有榻榻米與老百姓的小鎮」。

母親要我陪伴她去一趟日本，那個她憎恨了幾十年的國家。打出世起，不停地聽母親咒罵鬼子懷念外婆，初聽還不敢相信自己的耳朵：「妳那麼憎恨日本人，現在要讓他們賺我們的錢嗎？」答案是肯定的，也就只好策劃上路了，沒敢再細問。父親六月中辭世，也許讓母親有所感觸，來日無多放下仇恨，要在我的陪伴下完成她聲稱「最後的願望」。只是在那十天裡，她老改不了口，不是「小日本」就是「日本鬼子」。我們去了宇佐美及伊東，吃鮮魚、觀神轎、泡溫泉，和平民以筆交談，也拍下一張非常寫實的相片，媽咪一副很想看個真切的神情。我們觀看十數個神轎遊行、入海，背景是其中之一返航途中，此時我們的腳正泡在公園的溫泉池裡，肚子塞滿天婦羅，她滿面溫柔慈祥地說：「從今以後，可以不再跟我談抗戰勝利的事了」。

後記

我自幼即有寫作的夢想，寫過許多文章深埋在書桌抽屜中，但我知道自己或許是有點天份的，因曾為寫得太逼真而被父母處罰哥哥訕笑，初中暑假閒來無聊，一篇少女墜入情網被始亂終棄的言情故事被查獲，在父母親嚴刑逼供下，當然沒啥結果，因為全是我的幻想虛構，根本沒有男主角，我也不是真正的女主角。可見，我的文筆不是一般。能夠下定決心雪恥完稿，要感謝兩位好友：

八〇年代我與陳憲中先生結識，並挖掘出美國鄰居提供日軍在華暴行的紀錄片，主辦過講座向主流社會昭告不平，除了中國人死難無數之外，還要為身體靈魂都被強暴的慰安婦爭取平正，我們要求還給歷史

女兒是她的驕傲

我們仨 @Ito Japan

一個公道。從此，我對抗日戰爭有更深一層的體會，今日寫出一個小女孩在戰爭中失落的童年，是為提醒世界維持和平友愛，我責無旁貸。

尊敬的長輩王鼎鈞先生，人稱鼎公，是我的忘年之交，常應邀在我擔任校長的「角聲金齡學苑文學論壇」主講，每次都讓我如臨大敵，因為曾有過觀眾爆棚記錄，害我被迫臨時遷移場地至大禮堂，還次次都被要求延長加時。鼎公也曾是我廣播節目的聽眾，對我相當體恤愛護有加，自從知道我向他買寫作指導的書籍，是為自習實現寫作夢想，便一直鼓勵我提筆，他未曾說明難易程度，但強調開始提筆的重要性。我在想，如欲請鼎公指正賜教，必須趁他耳聰目明，至少是思路清晰之時，否則無法聽到大師講評，無從改進也。因此，特以本文開啟我們的師徒關係，並記錄我們的友誼。

愛倫二〇一五年寫於紐約

世界日報 3/15/90

作文比賽獲得榮譽獎
舒曼區長頒獎季華珊

參加皇后區慶祝婦女歷史月作文比賽，獲得榮譽獎的華裔學生季華珊，十五日在其母親楊愛倫的陪同下，接受皇后區長舒曼的頒獎。

舒曼在頒獎典禮上指出，現代的婦女已超越了家庭主婦的角色，而在各行各業中有卓越的表現。這次得獎的學生們，分別用詩、作文、以及繪畫的方式，將婦女角色的重要性明確的表達出來，相信可以進一步提高婦女的地位。

季華珊的作文，以描寫其外婆在中國傳統重男輕女的社會下，如何自修奮鬥成功，且絕不輸於任何男性，而獲選爲此次比賽作文榮譽獎得主。

（圖文：劉言君）

紐約州前眾議員楊愛倫女士女兒季華珊得獎合照・右起楊愛倫女士、季華珊、紐約市皇后區舒曼區長

肆

腹有詩書，有德有言

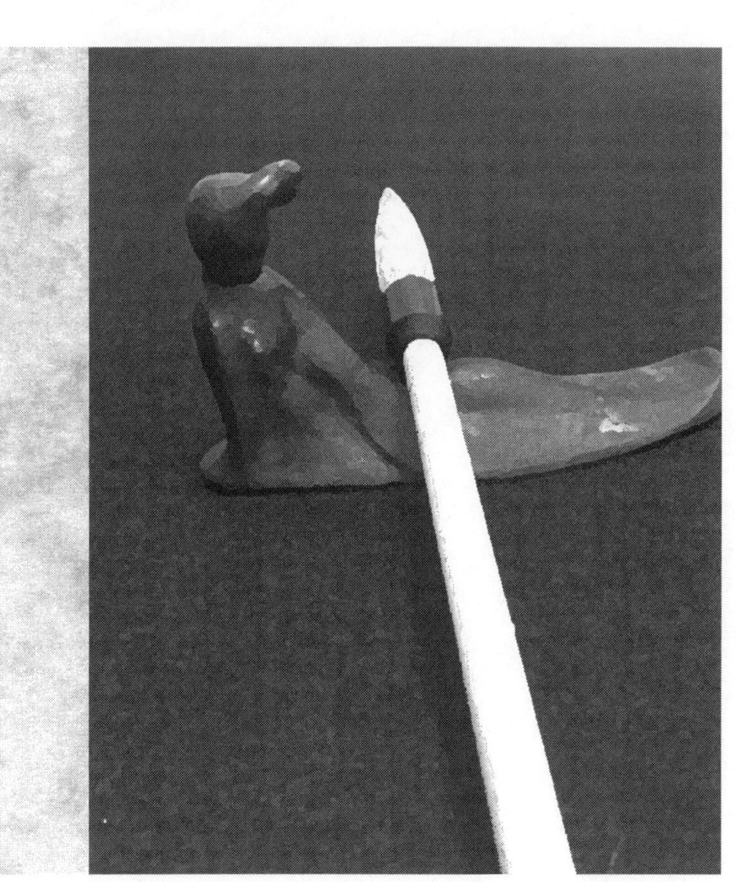

作者簡介

朱明珍

學經歷—國立東華文學文學博士、國立臺北科技大學雙師計畫兼任講師、經濟部水利署工程人員、原住民族委員會工程人員、臺北市政府工程人員。

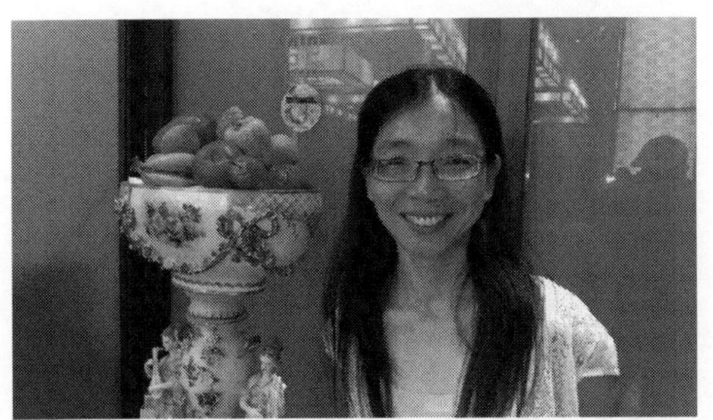

二〇一七年九月十七日，臺北市大直仁和齋

土木工程師的蛻變

朱明珍

卅多年前高中聯考前夕，一位同學說：「聯考快到了，我準備衝刺普通高中，將來要考上大學，你呢？」在那個大學錄取率不到百分之卅的年代裡，對我而言，考大學猶如夢境一般，最後選擇就讀有一技之長的公立高職，然後升學臺北工專、臺北科技大學，為了求得穩定的工作，我應考政府公職類科，時至今日擔任土木工程師，這份工作是我經濟的來源，也是我人生旅途的衣食父母。

當年高職畢業後，有一段很長的時間，半工半讀，成為我生活的全部，沒有詩情畫意的浪漫情懷，直到考取公職分發工作、生活安定為止。就職政府機關擔任土木工程業務，時而案牘勞形，時而出差考察，偶而也參加工作研習，在受訓研習期間，我很羨慕講座的博學多聞與翩翩風采，也想起當年國文老師陳德昭教授的精采授課，北科大輔導學長林才鑒先生，得知我的意圖與嚮往，引見我拜訪在銘傳大學擔任文學院院長的陳德昭教授，在德昭教授的鼓勵下，先在銘傳大學選修了一年的中文碩士學分班，因為當時一股強勁的學習動力！順利完成三門不同領域課程的學習。一年後，報考銘傳大學中文研究所入學考試，順利踏進了文學的殿堂，開啟我蛻變的人生旅程。

就讀中國文學研究所期間，由於缺乏文學底蘊的養成，忐忑不安，擔心無法跟上學習的腳步，感恩上蒼與授課老師拉我一把，在轉彎處見到陽光，在德昭院長、指導教授江惜美博士的耐心引導，以及烏來泰雅族陳勝榮先生的協助下，短短的兩年半時間，順利取得文學碩士學位。這種奇妙的感覺，有點像夢中的幻境，但又真實的存在。

文學幼苗既然已經露芽了，就應該有機會讓它繼續茁壯，打鐵真得要趁熱！在碩士論文考試召集人陳光憲教授的鼓勵與指導下，花了兩年半的準備，終於取得博士班入學門票，再次拿到學生證的感覺很夢幻，卻又是如假包換的真實。這回來到花蓮的國立東華大學民間文學研究所（後來併入中文系，成為中國語文學系民間文學博士班）攻讀博士學位，也是人生第一次踏上離家百餘公里的求學路，第一次和同學同住學校宿舍，第一次有所謂室友，再一次半工半讀完成博士學程及年輕時不敢夢想的最高學位，許多的人生第一次，都在這兒體現了。

兩年的修課階段，每週臺北、花蓮兩邊跑，雖然辛苦，但絕對是踏實和享受的，學習領域的擴大，反讓自己更感覺渺小，學然後知不足。過程中，師長們的嚴謹教學和田野調查的訓練，也參與中國雲南昆明理工大學黃河教授、薛翠薇教授所帶領位於西雙版納的少數民族文化采風的洗禮，以及後來撰寫博士論文過程中，接收著大臺北地區和原鄉地區泰雅族朋友們口傳文學的熱情分享，都是博士論文得以完成和學位得以取得的至大關鍵。

為了撰寫博士論文田野調查的方便，在指導老師浦忠成教授的協助下，直接商調到原住民族委員會任職，就近結識更多原住民朋友，成為我博士論文田野調查和寫作材料的重要來源。記得剛到原民會時，主管知道我正在撰寫博士論文，而且研究議題是原住民族文化，有一天，主管不經意的說：「你博士論文的研究方向確定了嗎？如果確定了，我就幫你安排那個族群的區域作為你的工作範圍，以後如果有出差，可以多請一兩天假順道作採訪。」哇！主管的體貼，讓糾結許久的論文研究方向有了曙光，於是決定重拾熟悉的泰雅族文化，獲得指導教授的應允後，立刻展開田調和撰寫工作，花了兩年半的田調及大約一年時間的撰稿，在浦教授、光憲教授、秀美教授及其他師長和近七十位原、漢朋友的協助下，終於取得博士學位。

碩、博士階段才開始接觸文學，及至學位取得的同時，挹注了滿滿的論文寫作養成，少了卡關、多了順暢，這都得歸功於師長們大公無私的傳道授業和諄諄教誨的提攜。時至今日，文學書刊仍是我最愛閱讀的素材，我把它們歸納為生活中不可或缺的精神糧食。從工程領域而來的衣食父母，蛻變至文學養成的精神糧食，完整的呈現出飽滿的正向能量，它是我心靈的蛻變和刻苦力學的重要旅程。

一直記得光憲教授的能量名言：「演講講得好，讀書不可少。」「有德必有言，說話讓人喜歡、做事讓人感動、做人讓人想念。」還要有「痛苦要忍耐、困難要突破」的毅力，以及德昭院長的陽光名言：「創造自己被利用的價值。」這裡所謂「被利用」當是指所學技能的被肯定和所賦予的責任，它都紮實的在我這十多來年的人生中應用自如，成為蛻變過程中學習到的重要人生哲學，並且將它分享給年輕輩的孩子們。

如果我能學習到那麼一點點待人的圓融、不畏艱難的學習態度，正是我人生當中的貴人光憲教授、德昭教授及所有師友們所賦予我的陽光能量，紮實的讓我活出了精彩和自在的人生。感謝所有幫助過我的師長、朋友們。

二〇一六年一月十三日，東華大學中文系博士論文口試與恩師合照

二〇一六年一月十三日，士論文口試與恩師合影

二〇一九年一月十九日，感念恩師於臺北市大直好適廚坊

左：二〇二〇年一月十二日，恩師、好友
右：二〇一八年九月十七日，陳光憲教授嘉勉好友愛女「學習才會贏」

何石松

現　任—中原大學兼任副教授、新生醫護管理專科學校兼任副教授。

曾　任—新生醫護管理專科學校副教授、臺北市立教育大學副教授、國立僑生大學先修班副教授、省立中壢高商教師、桃園縣龍岡國中教師、桃園縣南勢國小教師、桃園縣高遶國小教師。

榮　譽—客委會客家傑出貢獻獎語言文史類、教育部推展本土語言傑出貢獻獎、客家臺灣文化獎、中國語文獎章。

專　書—《乾嘉詩學初探》、《乾嘉文論》、《客諺一百首》、《客家謎語（令子）欣賞》、《客諺第200首》。

合　編—《客語發音學》、《客語詞庫》注音版、《客語詞庫》客語音標版、《臺灣客語概論》、《客語故事》、《臺灣長樂客語詞彙彙編》、《渡臺記校注》。

二 客語之美

何石松

客語是世界上少數沒有冠上地名的語言，是一種不是方言的方言，以時則貫穿今古，可上溯隋唐以前古音古義，以地則涵蓋中外，世界各地多有客語鄉音，其源遠流長，充滿經典之美、文學之美與生活之美。

以生活而言，充滿生活教育與自然教育的內涵，多觀察自然天象而了解氣象變化的經驗智慧，可以未雨綢繆，如：「朝晨雨，半晝晴；半晝雨，落毋成；當晝雨，兩頭晴；臨暗雨，走較贏。」對於一天晴雨的變化，便了然於胸。又如今年大陸日韓水災為何特別嚴重，其實這些都可以用諺語來預測的。所謂「雙春多閏月，雨水多到絕」、「閏年閏月多雨水」，因為今年剛好有兩個立春，又閏四月，故雨水特別多。又有所謂：「少龍多雨水，多龍懶治水」，今年是二龍治水，再加上「立春落水透清明，一日落水一日晴」（今年立春下雨），還有「驚蟄暗晡無見星，滴滴溚溚到清明」（今年驚蟄夜雨）等諺語可以驗證，今年的雨量真的是多到極點，尤其是大陸，廿多省市遇洪澇，水淹二樓，馬路成河，數千萬人受災，而臺灣的雨量也一樣豐富。

客語又具有未病防疫的智慧之美，如今年疫情特別嚴重，可從諺語預知，所謂「雙春夾一冬，十個牛欄九個空」、「雷打冬，十個牛欄九個空」、「冬裡雷，屍成堆」，而農曆去年十二月廿日打雷，預料今年有瘟疫——即新冠肺炎，目前已造成全球六十多萬人死亡，不是冬裡雷屍成堆嗎？這也非孤證，一九九六年連續三年冬天都打雷，接著三年都口蹄疫蔓延，活埋上千萬豬隻，真是「十二月打雷，豬仔毋使揗。」客語的文學生活化，可未卜先知。

客語展現了古往今來的生活真相之美。如小年夜，客語稱「入年界」，界音「gaˇ」，即進入年獸的地界，要發「矺年錢」（即壓歲錢），矺，是以石投擊之意，年是年獸；錢，在秦始皇以前是武器，農器之意，也就是用錢去砸年獸，以求平安，剛好跟古神話結合。而入年界即小年夜，是在農曆十二月二十三或二十四晚。如清．姜宸英在《湛園札記》亦云：「十二月二十四日（農曆）為小年，文山詩注云：小年夜。詩曰：江鄉正小年。」可見，小年夜是在十二月二十四日晚才是正確的，因為該晚要送灶神爺「上天言好事，下界保平安」。因為有祭祀才形成的節日，可是，如今的媒體，甚至行政機關，卻將除夕前一天當小年夜，作了極大的誤導，殊為可惜。可見，客語不只展現生活之美，亦可力求古生活之真。

清・黃遵憲《己亥雜詩》云：「篳路桃弧輾轉遷，南來遠過一千年；方言足證中原韻，禮俗猶留三代前。」的確如此。客家至今仍過著最古老的節日——天穿日，祭祀著最古老的女神女媧。相傳女媧摶土為人，共工氏與顓頊爭天下，其角觸破天空，不明物體墜落，砸死許多子民，其腳深陷地下，洪水噴湧而出，又淹死眾多蒼生，在落石如雨，洪水滔天，人民紛傳傷亡之際，女媧乃煉五色石補蒼天，拯生民於水火，待洪水退去，生還之民，每至天穿之日，便飲水思源，以補天穿，直至今日，乃有所謂的天穿日。其實，正是飲水思源的日子，而有所謂的奅天穿。

奅天穿，本作嬲天穿，中間的女，其實是女神，母性之意，旁邊二人侍立之形，非指年輕男女，嬲，在甲骨文為㚢，於此可知，最早的女字，應是指母親，原來，最出造字是站在女性立場造的。因為，人類最早是先知有母，再知有父，先知有地，再知有天，故客語中「你好食麼介」（你喜歡吃什麼）的好字，最早是喜好之意，在甲骨文之意為一個母親，抱著嬰兒，非常喜歡之意。由此可知，「君子好逑」的「好」，宜唸去聲，春秋時代的好，是沒有上聲的，論語中有四十一個好字，全部唸去聲，許多客語保留日月經天的經典之美。

所謂經典之美，是指客語有音大多有字，有字大多有詞彙，有詞彙大多有來源，如河邊，客語都講河滣，語見《詩經・魏風伐檀》：「坎坎伐輪兮，寘之河之滣兮」，寘之河滑，就是放置在河邊之意。

又如客語稱母親為「哀」，哀的古意為愛，孔子云「樂而不淫，哀而不傷」，這真是歷久彌新，最現代化的感情教育，意即「愛他不要傷害他，也不要傷害自己」，最高格調的愛情。同樣，詩經中的「哀哀父母，生我劬勞」，許多解釋語焉不詳，確切的解釋應該是：「非常愛我的父母，生我是很辛苦的」，如《呂氏春秋・慎大覽・報更》云：「人主胡可以不務哀士？」高誘注為「哀，愛也」，就很清楚了。古代皇太后自稱「哀家」，是母儀天下，極為愛民之義，客家人稱母親為「哀」，正是其來有自，以見客語的源遠流長，可以解讀古代經典之疑義。

又如《紅樓夢》第八回云：「他是沒籠頭的馬，天天曠不了。」許多紅學專家不解「曠」為何義，紛紛將「曠」改為「狂」「逛」等，愈改愈不解其義，其實，《蒙古王府本》最早就是作「曠」，以客語言，就是「藏」的意思，本句是指「薛蟠像一匹沒籠頭的馬，天天都藏不住，哪裡肯待在家裡？」文義曉然。

客語所用的字或詞彙，多是古義，具經典美，可還諸歷史真相，如〈桃花源記〉云：「土地平曠，屋舍儼然」，一般將平曠解為平坦空曠，如果真是平坦空曠，如何逃難避秦？不是一下就被敵人發現了嗎？毫無隱密之處，且看《文淵閣四庫全書》則作「土地曠空，屋舍儼然」，曠者藏也，空者坑也、穴也。意即房屋都很整齊一致，土地有藏身的洞穴，分辨不出，這才是真正的桃花源，避難處所，更可了解古代的生活，都說明了曠是藏的意思。

又如《紅樓夢》第九十二回云：「你看，裡頭還有兩褶，必得高屋裡去，纔張得下。」這裡的「張」，是裝的意思。即鮫綃帳很大，要很高大的房子才裝得下。現在我們把東西裝起來是用裝，可是在原始時代，無衣無布無容器，如何裝魚裝鳥裝東西？因此，人類最早裝東西是用張，如《公羊傳隱公五年》：「百金之魚，公張之。」何休注：「張謂張網置障谷之屬也。」也就是張網捕魚，是最早的張魚。其後有張鳥、張水、張兔子等。而裝，是包裝、治裝、行裝之義，一直到《戰國策．齊策》才出現「約車治裝」的詞彙。人類不可能等到戰國時代才懂得裝東西，而海陸客語就是講張魚、張鳥、張兔子，可以邁諸遠古，充分顯示其經典之美，其例甚多，不勝枚舉。

要之，客語之美，有悠久的歷史，展現古今生活之真善美、智慧美、文學美，尤其具有可以解決古籍疑義的經典美，實宜繼續傳承發揚光大之。

點亮台灣
106年全國客家會議暨客家貢獻獎頒獎典禮
客家委員會李主任委員永得頒發傑出成就獎獎座致贈得獎人何石松先生
106.09.25

2014年8月3日(日)／明治大学アカデミーコモン
「客家与多元文化」国際学術研討会
臺灣大學國際客家學術文化參訪團

戮力復育客語 傳承文化遺產
何石松

得獎者簡介

何石松先生，專長客家民間文學，自臺北市立教育大學退休後，轉至新生醫護管理專科學校任教。為了傳播客家文化，他在多所大專校院開設客家語言、文學課程，如臺北市立教育大學「客家民間文學研究」、中原大學和健行科技大學「客家語言與文化」，以及新生醫專「醫護客語」、「客家語言與文化」等。與此同時，他也編寫錄製哈客網路學院的「講天關」、「客家民間文學的教育功能與價值」等課程，以跨時空的方式，傳承客語之美。

在新生醫護管理專科學校任教期間，何石松教授力推醫護客語課程，獲得學校支持，並自 101 學年度起將醫護客語列為該校必修課程。他期待學生能夠具備客家語聽說能力，妥善服務客家鄉親。為了增進教學效果，並與劉醇鑫、吳餘鎬共同製作「醫護客語──音韻系統篇」、「醫護客語──食衣住行篇」等數位教材，不但實用且易於操作。為發展學校特色，並與地方特色結合，將桃園縣龍潭鄉音樂家鄧雨賢的〈望春風〉、〈四季紅〉、〈雨夜花〉等八首膾炙人口的曲子，重新填上客語新詞推廣。為響應「天穿日」活動，他創作歌詞並由陳雙雄先生作曲，製作歌曲〈尞天穿〉。

31

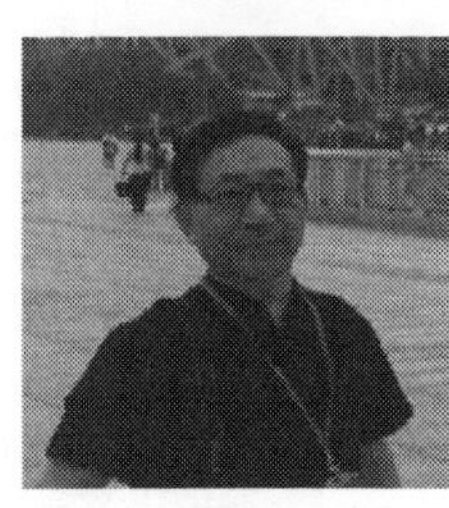

李威侃

現　任—臺北市立大學中國語文學研究所博士。

經　歷—臺灣高校教師（臺灣海洋、銘傳、實踐、德明財經科技大學等大專院校）、國際易學大會易理學術委員會執行委員、港澳臺美協（臺灣）顧問、財團法人中華學術文教基金會董事兼研究發展委員會主任委員、中華易經學會理事兼兩岸學術交流委員會主任、中華文化教育學會常務理事、中華文化休閒觀光協會秘書長、中國語文學會副秘書長兼《中國語文》月刊編撰委員、蘭臺出版社主編、臺灣視障協會（暨愛幸福庇護工廠）理事。獲選為KDP（Kappa Delta Pi）國際教育榮譽學會會員、斐陶斐（Phi,Tau,Phi）榮譽學會會員。

著　作—著有《四庫全書總目經部易類研究》、《續修四庫全書總目提要易類研究》、《閱讀鄉土散文》（余崇先生等合編）、《妙筆生輝寫作訓練》（與謝淑熙合著），其它學術論文十餘篇。

研究教學—易經、國學應用、科際整合研究、應用文、《三國演義》與職場應用、四庫全書學、古籍版本鑑定。

三 聽故事學智慧

李威侃

聽故事學智慧

各位看官從小到大應該都經歷過老師講道理講的口沫橫飛，嘮嘮叨叨，還引得人想昏昏入睡的情境，但個人何其有幸常聽到光憲老師在上課或演講時用一些故事來告訴我，他所要傳授的知識，及所要教要我們的為人處事道理。這次剛好可以利用這個機會來側寫一下光憲師上課時的風采，也試著將個人的體會和大家分享。

一　向孔子、孟子學習觀人的智慧

有一次上課時 老師講到《易經》「觀象」以知吉凶的道理，也就是藉由觀察大自然、萬事、萬物及人事的各種的變化，來預測這個變化中所可能隱藏的各種吉凶。老師引用了《論語．先進》篇中「閔子侍側，誾誾如也；子路，行行如也；冉有、子貢，侃侃如也。子樂。『若由也，不得其死然。』」的這一段孔子與學生們的對話來和我們講「觀象」的重要。老師解釋孔子看見陪在他旁邊的學生，正直而恭敬都不說話的是閔子騫，意氣昂揚，一副剛強勇敢的是子路，還有兩個臉上滿是溫和快樂表情的學生是冉有與子貢。孔子看見這些優秀的學生，可能這時候子路又在講他最近又在哪裡見義勇為，幫助弱小打跑地痞流氓的英勇事蹟，表現出一副洋洋得意的樣子，這時連孔子也就被逗樂了，於是不經意的脫口而出說：「像子路你這樣，恐怕不得好死。」不幸的是，孔子幾近玩笑的提醒，竟然一語成讖，最後，子路的下場果如孔子所言。而孔子之所以能說的準，即是從學生的個性及行為表現來做判斷。就像是在《論語・述而》篇中孔子也曾直接點明了子路的個性就是會做出那種像「暴虎馮河」，也就是像赤手空拳打老虎，不用渡河工具就想徒步涉水或游泳過河這一類的犯險的行為，甚至最後到也死不悔。所後我上課也會拿古希臘哲學家赫拉克利特（Ἡράκλειτος）所講的「性格即命運」來提醒學生，留心自己的個性，不好的一定要改。在講完孔子的觀人法之後，老師又舉孟子的觀人術，孟子曰：「存乎人者，莫良於眸子（眼珠）。眸子不能掩其惡。胸中正，則眸子瞭（指清楚，炯炯有神）焉；胸中不正，則眸子眊（指渾濁昏暗無神）焉。聽其言也，觀其眸子，人焉廋哉（哪裏還隱藏的了）？」孟子教我們，從人眼睛的黑白分明或混濁來判斷這個人是心胸坦蕩？

或是壞人？後來我在大學開小說《三國演義》的課時，就曾試著從人眼睛的微表情動作來做心理分析。因為就心理及生理學的角度，如果一個人看見自己喜歡的人或事物，尤其是男生看見美女，或是女生到百貨公司看見很喜歡的東西時，腎上腺素就會大量分泌，所以人的瞳孔會不由自主的放大。所以我也就半開玩笑的跟修我課的女同學說，你可以去試一下你的男朋友，如果你用深情款款的眼神看著你的男友，然後問他：「你愛我嗎？」如果你男朋友回答說「我愛你」時的瞳孔是放大，那就表示他說的是實話。如果是小縮，那就表示他是在說慌騙你。關於從眼睛論人的古籍很多，如《冰鑒》、《痲衣神相》、《柳莊神相》等書都有詳細的論述，各位看官如果有興趣可以自己去找來參考。

二　向甘地、歐巴馬學習用變通來引領風騷

老師上「《易經》專題研究」課時曾引用《周易．繫辭傳》中「功業見乎變」、「吉、凶、悔、吝者生乎動者也」來說明面對當今快速變化的世界，人或企業是否能適時應變，乃至於開創新局引領潮流，就關係著他是否能建功立業，還是被淹沒在時代的洪流中？面對外來的挑戰，最後的結果是吉？是凶？是後悔？是抱憾終身？全看你如何採取行動？如何應變而定。老師指出「第一等人領導變化，第二等人適應變

化，第三等人不知應變。」然後舉印度聖雄．甘地的例子，甘地曾說：「想改變這個世界，首先要改變自己。」、「改變自己，改變世界。」甘地放下高貴的種姓身分，赤裸著上半身，剃著光頭，為改變印度的命運而到處演講。甘地用「非暴力」的哲學思想，影響了全世界的民族主義者和那些爭取和平變革的國際運動。甘地的「改變」主張，最後得到絕大多數印度人的響應，於是就在一九四六年六月，印度半島建立了兩個獨立的主權國：印度和巴基斯坦。甘地從改變自己開始，接著改變了印度的人民，最後也了改變歷史。後來聯合國機構為了建構「和平、寬容、理解和非暴力」的理想，把他的生日「十月二日」訂為「國際非暴力日」。

老師接著舉歐巴馬（OBAMA）競選美國總統時演說的主題，也是「改變」。他的主張和甘地如出一轍，他認為「改變要從自己開始，從家庭開始，然後再改變這個城市，改變這個國家。」更主張「美國所以偉大，不是因為它完美，而是因為我們可以不斷讓它變得更好。」大打改變牌，在美國一片民心思變的這場大選中，這位肯亞裔的歐巴馬美夢成真，在二〇〇八年登上了美國總統的寶座，美國也出現了第一位的黑人總統。

在以甘地、歐巴馬強調「改變」的重要之時，老師特別指出「成熟的人是要改變自己，來面對自己的問題。」的觀念。反觀一般人與人發生衝突時，每每是先指責別人的過錯，並要求別人改進，無論是行為，乃至於價值觀，或是別人的脾氣。這違反了孔老夫子所教導我們的「行有弗得，反求諸己」的做法，老師所講的正是儒家為人處事的真理。

三　向楊恩典、蘇軾等人學習如何破繭而出

在「《易經》專題研究」的課中老師講到《易經》四大難卦中的〈屯〉卦，〈屯〉卦無論是從「屯」的字形，或是卦象，都是在講創業維艱及天生命定的限制。老師先說了一個楊恩典的故事，楊恩典因為一生下來就沒有雙手，而被父母遺棄在市場，後來為六龜育幼院的楊牧師給收養。有一次時任總統的蔣經國先生到育幼院訪視，當經國先生抱起楊恩典時，她用有點哀傷的口吻向經國先生說：「我沒有手！」這時的經國先生反而用很溫和語氣對著他說：「你還有腳呀！」原本這位無手臂的小女孩，只自憐自艾的看到自己沒有的部分，但經國先生卻提醒了她還有的部分。經國先生所提醒楊恩典的，也就是孔子說的「不知命，無以為君子。」的道理。他要楊恩典「知」道老天爺沒有給他正常人的兩隻手，這是天生「命」定的事實，哀怨改變不了現實，經國先生要提醒她要「知命」，認清、知道、承認自己先天的不足，人唯有如此，才能面「認命」的面對及接受現實，重新出發，發現自己的優點及長處，進而做到老師

說的能夠「運命」，也就是改變自己的命運。在經國先生的提醒之後，從此楊恩典格外的珍惜那「還有」的，化悲觀為樂觀，化消極為積極，她戰勝了逆境與殘缺，成為一個有自信、肯奮鬥的口足畫家。

接著老師又舉北宋大文豪蘇軾為例，蘇東坡考取進士時，主考官歐陽脩對他的才華大為激賞，歐陽脩對他好友梅聖俞說：「我應當避開他，讓他有出人頭地的機會。」宋仁宗皇帝也對深宮內苑的家人說：「我為子孫得到了宰相的人才。」蘇東坡既得到恩師，也是當朝大員歐陽修的激賞，更得到皇上的青睞，眼看就要飛黃騰達，成為朝廷倚重的大臣。可惜命運多舛，他因對當時的宰相王安石所提倡的新政有意見，故至此仕途多舛，大半時間，都被流放在外。一路由湖北的黃州，再到廣東的惠州，最遠還曾被貶到中國的最南端儋州，也就是現在的海南島。在被放逐的歲月中，嚐盡了人生的苦難與不幸。但是「國家不幸詩家幸，生活不幸文章幸」，諸君都知曉他的那闋〈定風波．三月七日〉「莫聽穿林打葉聲，何妨吟嘯且徐行。竹杖芒鞋輕勝馬，誰怕？一蓑煙雨任平生。料峭春風吹酒醒，微冷，山頭斜照卻相迎。回首向來蕭瑟處，歸去，也無風雨也無晴。」在風雨飄搖的歲月裏，蘇東坡依然奮鬥不懈，也成就了豁達的人生，更使他成為我國古往今來最拔尖的大文豪。就像老師期勉我們這些學生的「是種子就不要怕泥土硬」、「是駱駝就不要怕風砂大」。所以我後來也試著引用德國哲學家、思想家弗里德里希．威廉．尼采（Friedrich Wilhelm Nietzsche）所說的「那不能殺死我的，使我更堅強。」來期勉我的學生，勇敢的面對苦難，你將會得到一個很不一樣的人生。

四　向邱吉爾、王永慶學習情緒控管

老師不只在課堂上會用故事來說道理，當他應邀對外的演講，也是場場滿座，搏得滿堂彩。有一次大陸上海交通大學碩士在職專班（EMBA）的學生來臺參訪，特別向接待單位指名想聽老師的演講。因為是在職專班的學生，而且據說學生個個都是企業界的大老闆，每一個身價都是好個億的人民幣起跳的大老闆，所以在這種場子，老師當然更要講故事，以免學生走了神。

對一個企業領導人，情緒管理是一門很重要的課，老師特別提醒他們，遇到重大的事情，要「先處理心情，再處理事情」，以免因為一時的惱怒而做出不可收拾的決定。在這裡老師特別舉了英國邱吉爾首相的例子，有一次邱吉爾在公開場合演講時，臺下遞上來一張紙條，上面只寫著兩個字：「笨蛋」。邱吉爾知道臺下有反對他的人等著看他出糗，於是他便神色輕鬆地對大家說：「剛才我收到一封信，可惜寫信人只記得署名，忘了寫內容。」邱吉爾不但沒有被不快的情緒控制，反而用幽默將了對方一軍，實在是高招。所以老師就接著說「越有本事的人，越沒有脾氣。」說的真好。接著老師又舉了王永慶的例子，老師說早年王永慶先生還在世的時期，其兒子王文洋先生都會請老師到他家去和王永慶先生一起吃飯，也陪王老先生說說話。老師說他記得王老先生曾用一根火柴來妙喻他「創業維艱，守成不易」的人生。他說：「一根火柴棒價值不到一毛錢，一棟房子價值數百萬元，但是一根火柴棒卻可以摧毀一棟房子，可見微不足道的潛在破壞力一旦發作起來，其攻堅滅頂的力量，無物能禦。要疊一百萬張骨牌，需費時一個月，但推倒骨牌卻只消十幾秒鐘，要累積成功的實業，需耗時數十載，但要倒閉，卻只需一個錯誤決策。要修養被尊敬的人格，

大陸上海交通大學碩士在職專班（EMBA）學生與陳光憲師（中間戴紅帽者）合影

需經過長時間的被信任，但要人格破產卻只需要做錯一件事。」故事說完了，老師反問坐下的這些大老闆學生：「一根火柴棒，是什麼東西呢？」在一陣發言後，老師並把答案歸類為以下列四項：一、無法自我控制的情緒。二、不經理智判斷的決策。三、冥頑不靈的個性。四、狹隘無情的心胸。老師並要學生檢查看看，你自己隨身攜帶了幾根火柴棒？演講完後，學生紛紛表示受益良多，並要求和老師合照，並說改天再到臺灣來，一定還要來聽老師演講。

這就是老師生動活潑的，並附帶有說故事可以聽教學現場，這也是我個人親身的體驗，相信聽過老師演講的人，應該都會有這種共識。至於老師上課所講的故事，當然還有很多，因受限於文章的字數限制，所以各位看官如果有興趣可以去聽老師的公開演講，或去旁聽老師在大學所開設的課程，我想大家也可以和我一樣在聽故事的輕鬆氣氛中學到很多實用的人生智慧。

右李威侃、左陳光憲老師

左起李威侃、陳光憲老師、高崇雲崇事董、
王海倫教授（高董事長夫人）、謝可珊董事長

後排中間戴紅者為陳光憲老師、
前排中穿粉紅色外者為陳師母（陳鐘素敏老師）、前排左一為李威侃

右起陳光憲教授、高崇雲董事長、王正典秘書長、李威侃

左起程南洲教授、黃金文教授、陳光憲副董事長、查重傳教授、李威侃教授

作者簡介

林均珈

學經歷—國立政治大學中國文學系畢業、國立政治大學中國文學系國文教學碩士班畢業、臺北市立教育大學中國語文學系博士班畢業、新北市立永平高中專任國文教師、致理科技大學通識教育中心兼任助理教授、龍華科技大學通識教育中心兼任助理教授。

人生觀—向前走，是送給自己最好的禮物。

四 人生有夢，築夢踏實

林均珈

我畢業於政治大學中國文學系，在這知識殿堂中，得以博覽中國浩瀚的經典，生活過得既充實，又有成就感。曾經擔任政治大學紅紙廊社團活動組服務員，社團的實務經驗，磨鍊了我待人處世的方法以及領導統御的能力，真可謂獲益匪淺。此外，我很高興能在大學畢業十一年後，尚有機會再度拾起書本，重溫當學生的滋味。四年後，我又報考臺北市立教育大學中國語文學系博士班，在這五年的求學時間，承蒙陳光憲老師的殷切勉勵，讓我在學業進修方面，獲益良多，不勝感激。

個人從事國語文教學多年，曾獲忠義文學獎，著有《紅樓夢子弟書研究》、《紅樓夢子弟書賞讀》，以及〈論仲振奎《紅樓夢傳奇》〉、〈論楊恩壽《姽嫿封》〉等學術論文多篇。編有《閱讀鄉土散文》（余崇生主編）一書。研究的領域，包含古典小說、敘事詩、戲曲以及說唱藝術。不僅喜歡閱讀和寫作，也喜歡欣賞古典戲曲表演（如崑劇）以及說唱藝術表演（如鼓詞）。閒暇時，更喜歡旅遊，四處欣賞美景與品嘗美食。

教學方式主要是以問題導向學習教學法為主，以合作學習法為輔。首先，問題導向學習教學法，例如《人生自是有情癡——生命敘事選文》第三單元「手足情深」，課程含吳念真〈遺書〉、林清玄〈散步去吃豬眼睛〉、琦君〈金盒子〉、楊索〈小妹不要哭〉以及詹宏志〈二姐的抽屜〉五篇散文。課程結束後，我會發下個人學習單：

請同學不妨思考一下自己和兄弟姊妹相處中，是否曾經有過因為和他（或她）意見不同而發生爭執的經驗？或是對方做了一件令你高興萬分的舉動，請你敘述事件發生的經過並描寫你的感受以及從中得到的啟發。

其次，合作學習法，例如第四單元「友誼是點綴青春的花朵」，課程含余光中〈朋友四型〉、陳幸蕙〈記憶裡的一顆明珠〉、王璇〈童孽〉以及吳念真〈告別式〉四篇散文。課程結束後，我會整理出五個題目：

問題一：曾經和同學共同做一件欺騙師長的事……

問題二：曾經和同學共同做一件欺騙父母的事……

問題三：曾經無意傷害某位同學，如果有機會，我想跟他（她）說……

問題四：曾經偷偷喜歡某位同學，如果有機會，我想跟他（她）說……

問題五：我的好麻吉最大的特點是……

同時，發下小組學習單，由每組組長抽一個題目，全組組員討論並寫在小組學習單上。此外，為了解學生的想法，我曾發下問卷調查表：

問題一：在「創意創新」、「自我表達」、「尋找資料」、「學習思考」四方面，藉由這門課你有學到知識嗎？

學生的回覆是：首先，在「創意創新」方面，學生填寫「教學影片」、「完成超難的作文題目」；其次，在「自我表達」方面，學生大多填「寫學習單」、「以寫作增進自我表達」、「知道自己的想法」、「問答」、「分組討論」、「小組討論主動提出意見」、「心得」；再次，在「尋找資料」方面，學生大多填「作者資訊」、「對作者有興趣上網搜尋資料」、「找作者相關資料」、「分組討論」、「上網找討論資料」、「上網查詢」；最後，在「學習思考」方面，學生大多填「文字修辭與文法」、「思考文章表達內容」、「分辨是非對錯」、「小組討論」、「字句的修辭和字的讀音」、「看電影思考」、「學習單」、「如何統整資料消化成自身的」、「幽默」、「學習單」等。

問題二：本課程哪部分最提升你的學習興趣？

學生大多填「教師授課方式」、「課程內文的講解」、「授課方式」、「影片觀摩」、

「老師的上課方式」、「會給腦袋冷卻下來的時間」、「授課的方法」、「很輕鬆，不會有太大壓力」、「風格」、「授課題材」、「配合影片來作教學」、「教師與學生的互動」、「幽默」、「學習單」等。

問題三：本課程最讓你喜歡或印象深刻的教師授課方式或教學活動安排是哪部分？

學生大多填「補充影片，可以多了解作者」、「小組討論各自看法」、「學生討論」、「影片觀摩」、「課後學習單，同學間一同思考交流意見」、「看影片，比較能讓人專心學習」、「會給學生看作者的生平事蹟」、「組員分擔工作」、「分組討論，可以增進同學間的交流」、「播放課外影片，延伸我們對作者的認識」、「影片」、「小組討論」、「心得、分組」、「投影片，可欣賞」、「課文引導，印象深刻」、「分組討論」、「會有學習單，讓同學思考」、「看影片」、「看作者的影片」、「學習單，增加語文能力」等。

在人生道路上每個人難免會遇到困難與挫折，我藉由教材中各位作家的作品閱讀，可以讓學生獲得抒發並學會堅強，甚至更能勇敢地面對未來的挑戰。因此我上完課程之後，會發下個人學習單或是小組學習單，讓同學書寫感想或心得。由於每位學生的個性及其家庭背景不同，不論是個人學習單或小組學習單，從學習單的內容，老師可以明顯看出有些同學會反思自己的親身經歷並且樂於分享，有些同學則是抱持敷衍態度隨便應付。總而言之，透過教學的進行、影片的欣賞與小組討論的分享，我期望能帶給同學心靈上些許的觸動，進而對周遭的生活環境付出關懷；更期望能提升同學對文字的敏感度，進而激發同學的創作能力。

教學目標是不僅成為專業的經師，更要努力發揮人師的潛移默化的影響。我上課會藉社會偶發事件提出對學生的建言，偶爾也會自我坦誠，讓學生分享我的成長歷程，以激勵學生，使其建立本來應有的自尊與自信；進而激發潛能，使學生能夠自我實現、自我突破，成為更有用的人才。大體上，我的教學方式靈活、流暢、不死板，呈現出來的教學成果還算令人滿意。目前我的執教正是熟能生巧、漸入佳境的階段，不僅熟悉教材教法，在班級經營上也能控制得宜，綽有餘裕。師生之間互動良好，這可能與我在學校社團經驗具有密切關係。在教學活動中，我可說是勝任愉快。

同仁眼中的我，是一個負責任、有熱忱的老師，不僅穿著得體合宜，而且看起來蠻有威信的，加上外表具有親和力，常笑臉迎人，是屬於極受學生喜愛的類型。一般說來，學生對我的看法多半是：課業上要求嚴格，但是合理；為人親切卻又不失原則；有同理心，能設身處地為學生著想；照顧每一位學生，盡量做到公平無私。常言道：「人生有夢，築夢踏實。」期望未來，我能更儒雅、更淡定、更愉快。

二〇一八年六月廿四日，三峽介壽國小

二〇一五年一月廿日，蘭軒中國菜餐廳

簡麗賢

現　任｜北一女中物理教師，服務公立高中卅四年，在北一女廿一年。

經　歷｜出生於高雄農村，高雄中學畢業，國立臺灣師範大學物理學士、教育碩士，曾服務於新北市立樹林高中、新莊高中十三年。

榮　譽｜曾獲得物理教育學會年度物理教學獎；數次獲得臺北市語文競賽教師組演說第一名，代表臺北市參加全國語文競賽獲得教師組比賽國語演說第一名、全閩南語演說第三名等。數次指導學生參加科學展覽獲一等獎，以及教育部臺灣國際科學展覽會物理及天文類指導教師獎等。獲聘為全國及縣市語文競賽演說組評判委員，亦獲邀擔任教師演說指導研習營、學生演說營、科學營講師；中小學科學展覽評審委員等。

著　作｜熱愛教學和寫作，亦自我精進與提升口語表達能力，著有《如何學好高中物理》（天下文化出版社）、《魅力演說100分》、《生活物理SHOW》、《學校沒教的溝通課》、《木星上的炸薯條最好吃？》（幼獅文化出版社）等。課餘撰寫科普、溝通表達及教學課程等相關主題，文章發表於國語日報、聯合報、自由時報及科學月刊等。《生活物理SHOW》一書獲臺北市及新北市圖書館好書評選委員會評選為年度「好書大家讀」科普知識類推薦優良讀物，以及文化部優良青少年讀物科學類推薦書籍。

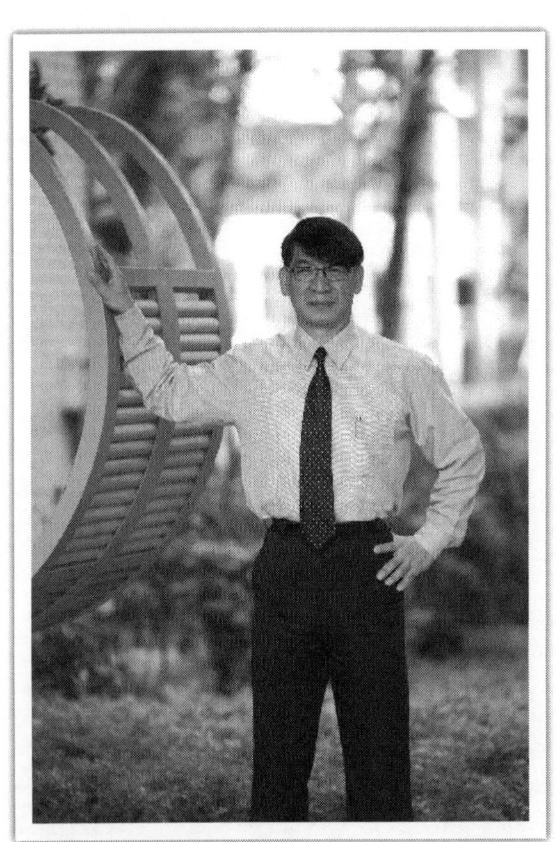

作者在北一女中校園一隅獨照

五 精進表達能力的身教言教——學習演說，讓人更優秀

簡麗賢

我生於農村、長於農村，學習資源有限，從小學到高中，雖然知道文字表達能力很重要，但對於如何提升口語和文字表達能力的概念，一直很薄弱，尤其是站在大眾面前的「演說」，概念少得可憐。直到念大學，在學長的帶領，接觸「辯論學」，參與唇槍舌劍的奧瑞岡辯論比賽，才獲得些許的概念。

然而，人與人相處並不見得要辯論，「予豈好辯哉？予不得已。」人際相處，更需要的是口語表達和文字書寫。

就讀雄中階段，精讀古文「燭之武退秦師」和「晏嬰使楚」等篇章，燭之武以巧言說服秦穆公、勸退秦兵而拯救鄭國；晏嬰以辯才讓楚王自取其辱而贏得尊重；諸葛孔明以三寸不爛之舌，激勵孫權，以聯盟軍火燒赤壁，大破曹操，才了解「一人之辯，重於九鼎之寶；三寸之舌，強於百萬之師。」在強調競爭力的社會中，學習表達和善於表達更顯重要。

踏入杏壇從精進演說能力學起

真正體會在大眾面前侃侃而談是件不容易的事，是在服義務役預官期間，因為當時被甄選為巡迴教官，任務就是上課。退伍後回到教育界服務，杏壇生涯，一開始就立定目標精進文字和口語表達能力。

究竟如何學習表達並不是件容易的事，需要勇氣和毅力，「不怕拋頭露臉」、「不怕丟臉」是基本要件。什麼方法可以精進表達能力？參加語文競賽的作文和演說比賽是最好的鞭策途徑，尤其是拋頭露臉的演說項目。

我深信，精進演說能力可以提升自己的教學成效，因為精彩的語言表達可以讓學生更專注聽課，讓學生體會語言表達的魅力，這是教師的身教與言教，也詮釋另一種「桃李不言，下自成蹊」。

迄今，教學生涯滿卅四年，教學期間，有一段時期是參加全國語文競賽的教師組演說選手，體認以文會友的真諦，也嘗過得獎的喜悅和榜上無名的落寞；有一段時期擔任全國語文競賽的命題和評判委員，擔任講評工作激勵選手。對於學習演說的經驗，從毫無概念到勇於上臺，從落寞到喜悅，淪肌浹髓，身為教師的我，對於引導學生學習如何表達，實踐身教與言教。

學生問我：「如何學會即席演說？」我直截了當說：「勇於參加比賽。」

不怕失敗，參加演說比賽，能抱持「與失敗做朋友，與成功相借問」的概念，「要怎麼收穫，先那麼栽」，掌握正確學習方法，體悟多了，演練久了，自然熟能生巧，水到渠成。

儘管長期參與語文競賽，但仍遇到不少第一次認識的朋友會問我：「你是物理老師，怎麼會想參加教師組演說比賽？很特殊的是你還得過第一名，而且國語組和閩南語組都得過獎，讓人很好奇。」

我的答案始終是：「因為我是老師，我想讓演說能力提升我的教學成效。口語表達的能力對老師教學很重要。」當然，這樣的答案只表達我的某一些想法而已，演說能力還有其深遠的意義。

不學詩，無以言

「不學詩，無以言」，做人做事脫離不了口語表達。大抵每個人都會說話，有些人一開口說話，就使人很快掌握主旨，讓人凝神諦聽；有些人一啟口就讓人「霧煞煞」，瞌睡蟲紛紛報到，嚴重者還讓人火冒三丈。「一言使人笑，一言使人跳」，「良言一句三冬暖，惡語傷人六月寒」，我們確實需要提升口語表達的能力。

學生時代，很羨慕代表學校參加演說比賽的人，然而我也知道，同學在臺上能口若懸河，能「言之有物、言之有序」，能引經據典，能「言之有趣」，背後努力付出相當多，受到的煎熬非局外人能理解。

最初站在講臺上演說時，難免喟嘆自己口拙，「知識用時方恨少」的感觸油然而生。演說技巧只是一部分，演說時最重要的是內容，要講什麼？怎麼講？這才是重點，多閱讀是必然，如文心雕龍「操千曲而後曉聲，觀千劍而後識器，故圓照之象，務先博觀。」若我們能多讀書，藉著雅俗共賞和簡短精要的文辭，適切地表達思想和情感，說話時自然能活色生香。

缺乏閱讀習慣，也未長期累積資料，自然無法積學儲寶，以高中生而言，很難在演說比賽中闡述主題。

例如抽到題目「我對新冠肺炎疫情的觀察與學習」、「選系或選校」、「高中生的友情與愛情」、「高中生應具有的媒體識讀力」、「腹有詩書氣自華」、「錦上添花與雪中送炭」，講稿重點是什麼？資料庫有哪些素材？如何組織素材？

在語文競賽演說項目的評分標準中，占分比例最高的是百分之五十的內容，其中包含主題、見解、結構、詞彙等；其次是百分之四十的語音，含發音、語調、語氣，再其次是百分之十的儀態，亦即儀容、態度、表情等。顯然最重要的是內容，內容的基礎在閱讀的廣度，以及取材境界的深淺和組織架構的層次。

因為閱讀，我們才可能知道「粉絲是為成名錦上添花；知音是為寂寞雪中送炭」、「文章千古事，得失寸心知」、「腹有詩書氣自華，讀書萬卷始通神」，才能在論述時引經據典，加以延伸與推論，也才能使詞彙具有質感。

演說比賽致勝關鍵

參加即席演說比賽是訓練口語表達很好的途徑。一般評判委員在短講的評論判斷準則大致是「審題要精準，入題要快速，扣題要適切」，其中必然包含「言之有物，言之有序，言之有理、言之有趣」。

參加演說比賽，可掌握幾項自我練習基本功，簡要整理如後。

第一，閱讀、蒐集、整理、剪裁與歸納。廣泛閱讀，留意時事新聞，結合古典和現代。每天閱讀報紙，從新聞報導中擷取最可以入題的題材，如感人的新聞事件、影響人民生活的議題等，看新聞讀報紙，這些內容可用在哪些題目。建立各類資料夾「感人的新聞」、「運動體育」「傑出表現」、「名言佳句」、「考古題整理大綱」、「最新時事新聞」、「有趣小故事」等。積學以儲寶，這是參加比賽的源頭活水。

第二，構思題目的大綱，學習審題。每天利用時間思考一道題目，並將思考重點寫在專屬筆記本上，例如：題目「養成儲蓄的好習慣」：

為何要養成儲蓄的好習慣？養成哪些與儲蓄有關的好習慣？儲蓄金錢、儲蓄知識、儲蓄功德、儲蓄健康；有哪些自己的經驗？哪些是別人的經驗談，可以拿來說明，說服評判委員。段落如何分配？第一段和最後一段如何設計？可以引用哪些例子和貼切的話？

又如，題目「快與慢」，可從過去和現在來思考，也分析兩個字各有那些優缺點，有什麼例子可以佐證。第一段就可以這樣開場破題：

從前，「慢」，是成事的基礎，好湯得靠「慢火」燉煮，健康要從「細嚼慢嚥」開始，「欲速則不達」是孔子善意的提醒，「慢工出細活」更是品質的保證。總之，「一切慢慢來！快了出差錯，划不來。」

現在，「快」是前進的動力，有「速食麵」就不怕肚子餓，有「捷運」、「高速鐵路」就不怕塞車，有「寬頻」就不怕資料下載中斷，有「宅急便」就不怕禮物交寄太晚。身邊的事物都告訴我們：「快，否則你就跟不上時代。」不同的時代總有不同的想法，但「慢」在今天是否已經過時？「快」在今天是否真的必要？

五分鐘審題練習，練習撰寫大綱，綱舉目張後自然能言之有序。這是相當重要的基本功。

第三，朗讀文章與新聞報導。這項過程可練習正確發音，發音正確才不會引起誤會。勤查字典，避免讀錯字，也能掌握成語的典故和意義，避免引喻失義。

即席演說自我訓練，就是自我要求每天至少朗讀一篇文章、新聞報導等，藉此蒐集準備演說稿內容的素材。口齒清晰和語速適切是演說者的必備條件，每天藉著朗讀文章或新聞報導是一種訓練方式，想像自己是一名新聞主播在播報新聞，訓練自己朗讀文章或新聞時發音正確、斷句合理、語調音量適宜、不唸錯別字等，並且將新聞稿或文章口語化，讓聽者能聽懂朗讀的內容。

此外，亦可朗讀及背誦言簡意賅具張力的文句或詩詞，例如：

> 時間再少也要讀書；房子再小也要藏書；薪水再薄也要買書；交情再淺也要送書。
>
> 羅丹說：「這世界並不缺少美，而是缺少發現。」

或練習朗讀排比句：

我們不缺名人，我們缺的是偉人；我們不缺廣告，我們缺的是忠告；我們不缺知識，我們缺的是智慧；我們不缺政客，我們缺的是政治家。

能在競賽中成為鰲頭翹楚，必是充分準備的選手。平時多朗讀背誦更多好文章及經典名句，「積學儲寶」，相信在演說時能朗朗上口，不擔心上臺頻吃螺絲或詞不達意。

第四，上臺演練與檢討分析。想學會游泳絕不能「陸游」，同樣的，練習即席演說，上臺演練是必要的過程，誠如詩人陸游告誡兒子：

紙上得來終覺淺，絕知此事要躬行。

上臺演練演說的禮貌、報題、臺風、手勢運用等注意事項，並在緊張的情況下還能思考與表達。

精進表達能力的身教與言教

十四年前，在一個機緣下，我受委託辦理海峽兩岸高中生的學習經驗交流活動，接待北京市教育單位及六所高中師生。交流活動中，我先引言如何學習高中物理課程，然後開放兩岸學生提問與發表心得。

從學生的口語表達中，我看到兩岸學生針對同一議題的意見交流與表達能力的表現。北京市六所高中學生主動積極發表的勇氣，以及條理分明的優異表達能力，讓我留下深刻的印象。相較之下，臺北的學生則有較大的成長空間。當下我感觸良多，深感我們需要再提升學子的表達能力，因為這是一項強化未來競爭力的重要元素。

擔任語文競賽的演說評審工作期間，我看到各校各縣市選手在演說表達能力的表現，了解我們的學生在口語表達學習的努力與成效。當然增進學生的口語表達能力，不只是提升選手的實力而已，更需要提升其他未參賽學生的表達能力，包含語言與禮貌，畢竟說話對我們的一生影響甚鉅。

媒體曾經報導「高中田徑隊學生穿西裝做簡報」，內容談及換下運動服、穿上西裝，體育班田徑隊學生上臺專題報告，每個人都能言善道，顛覆體育班學生「憨慢講話」的刻板印象。記者報導這項做法源自於一所高中田徑隊潘教練教導學生要學習表達，才能透過簡報，說服廠商贊助運動經費，例如一位知名的長跑選手透過口語和簡報爭取贊助經費，廠商訝異他清晰的表達能力，挹注他近千萬的經費，讓他有機會圓夢，留下長跑的足跡。

我非常贊同田徑教練的觀點：「人生不是只有跑步，學生二十幾歲後，體力就會被十幾歲的人趕上，若不儲備能力，很容易被社會淘汰，要求學生學會如何表達和專題報告，出社會後，不會因為怯場而錯失工作機會。而且同學報告時，評審會非常嚴格，讓學生以後做事不敢草率。」誠哉斯言，潘教練眼界高遠，重視體育班學生的口語表達能力，確實是學生的貴人。

眼界決定境界，思路決定出路，格局決定結局，態度決定高度，確實如此。該如何教導學生學會表達，精進表達能力？教師的身教和言教是關鍵，學習演說，讓教師更優秀；同樣的，教師才能透過自己的能力，成為學生的良師，讓學生更優秀。

站在教育的角度，老師多閱讀，以身教言教鼓勵學生多閱讀，如：曾國藩「文章之事，以讀書多，積理富為要。」《文心雕龍》：「操千取而後曉聲，觀千劍而後識器，故圓照之象，務必博觀。」若教師多讀書，藉著雅俗共賞和簡短精要的文辭，適切的表達思想和情感，讓說話揚葩振藻，達到「石韞玉而山輝，水懷珠而川媚」的境界，自然引領我們走進語言表達的殿堂。

伍

心中有愛，筆尖有情

作者簡介

林連鍠

學　　歷｜國立臺灣師範大學環境教育研究所（二〇〇二～二〇〇四）、國立臺灣工業技術學院（現臺灣科技大學）化學工程技術系（一九八八～一九九〇）、國立臺北工專化工科二專部（一九八三～一九八五）、嘉義高工化工科（一九七九～一九八二）。

經　　歷｜鞋廠鞋廠針車部組長、私立東海高中教師、現任教臺北市立石牌國中理化教師。

得獎紀錄｜二〇一七年南方影展紀錄片入圍、二〇一七、二〇一九年連續兩屆教育部閩客文學獎散文類教師組首獎、二〇一八年入圍臺灣文學獎散文類、二〇一九年臺南文學獎小說類佳作、二〇一九年桃城文學獎散文類第二名、二〇一九年臺文戰線文學獎散文類首獎。

一 父親、牛、牛車

林連鍠

一臺牛車，在透著光靜謐的樹蔭靜靜地躺著，歲月在它身上寫下斑駁。

我常靜靜地想著父親與牛的畫面……

遠遠的，好像還聽到父親趕著牛的吆喝聲，那是和時間賽跑的急促。遠遠的，好像還看到父親和牛輕靠著的溫柔，那是收工回家後的父親。

在教育不普及的年代，普遍不認識字，但也不稱為文盲，而說是「青瞑牛」。老一輩的人愛開玩笑地說，在鄉下兩條腿的青瞑牛比四條腿的牛還多。父親受過幾年的日本教育，比別人多識一些字，自然受大家敬重，除了幫忙看信寫信之外，也有記帳整理的能力，自然是村子裡牛車班班長的不二人選。拉牛車到鄰村的溪邊載砂運石頭，是父親主要的工作。

每天清晨，把牛餵飽，從牛棚走出，跨入牛車橫桿內，牛總會自然的將頭低下，牛角向右傾，順勢勾起軛，此時父親會蹲下身子，在牛的脖子下拉過粗繩，繫在牛軛下。接著「起來」的吆喝聲，牛似乎聽得懂口令的將腳依序舉起，讓父親幫牠穿好輪胎皮所做的牛鞋，一切準備就緒，一聲「ㄉㄞˋ」，輪胎緩緩轉動，開始父親一天的忙碌。從晨霧未褪的清晨裡，幫牛穿上牛鞋，到暮色低垂，卸下最後一支牛鞋，父親的一天，是這樣計算的。

農忙時，父親就得在五點起床，自己拉著牛車到溪裡載砂石，而六點一到，母親會叫醒我，騎著腳踏車到溪旁附近的那個陡坡等父親的出現，然後父子各站一邊的幫忙推著牛車，與牛一同對抗陡坡，上了陡坡，換我接手牛車，父親騎上腳踏車先回家吃早飯，我則坐在牛車上，跟著牛緩步前進，而此時晨霧稍褪，已在上學路上的同學，就會小跑步過來，跳上牛車一同坐在楔型的沙堆上，這是清晨最高興的巧遇，較矜持的女生不好意思坐上來，就在一旁比著誰走的快，一同吆喝，互有超前，聲音迴盪在清早的柏油路上，也刻印在童年記憶的心版上。牛是記得路的，到家門時牠會停下來，等待下一個指令。我跳下牛車告訴父親要繼續往鎮上的路走，讓他待會兒好接手。「ㄉㄞˋ」牛車又緩步向前，直到父親騎著腳踏車來接手，我才返家準備上學。

有一回，寒流來襲，身上的粗布長衣，擋不住寒風而直打哆嗦，父親遞給我一顆檳榔，「哺檳榔就袂寒矣（註一）！」那是剖半的檳榔，摻著紅灰與甘草片，在嘴巴裡咀嚼一番，身子居然也暖和了起來。要不是檳榔有害健康，那種淡淡的香氣加上甘草的甜，真喜歡那種味道。我也學著父親豪邁的吐汁，撒下一大片紅，那曾是童年記憶最鮮明的色彩。後來同學告訴了老師我吃檳榔的事，「沒有父親會給孩子吃檳榔的！」老師重重的打了我十下屁股，我還是堅持是父親給我的，又挨了幾個巴掌。過了幾天，父親問我：「你共老師講，我予你食檳榔的代誌諾（註二）？」我點了頭，父親苦笑著：「袂使講得！彼是我驚你寒著（註三）……」那時不解他為何在老師面前否認此事，多年後我才了解不忍孩子受寒而作的決定，愛是絕對的唯一考量！「大漢了後，莫食薰就好矣，天氣冷哺檳榔無要緊！（註四）」每回看到檳榔攤，我總會想起父親告訴過我這句話，在那個打哆嗦的寒冬裡。

田裡的稻子收成後，得靠牛車送穀子到碾米廠。跟著阿爸拉著牛車，在大熱天底下，阿爸在牛車旁吆喝著牛邁開步來，牛在藤條的抽動下而跑了起來，阿爸的雨鞋離地又落下撞擊柏油路面，發出叩叩的聲響，我坐在堆著稻穀的牛車上，看不到父親被

註一　咬嚼檳榔就不會覺得冷了！

註二　你跟老師說了我拿檳榔給你吃的事嗎？

註三　不能說！那是因為我怕你受寒……

註四　長大以後，不要抽菸就好，天氣冷吃點檳榔無所謂。

斗笠遮蓋的臉，卻可清楚看到滴下斗大的汗珠，掉落在如烤盤的路面上迅速地蒸發。到達碾米廠時，父親的白色汗衫早就被汗水浸溼。見到老闆，父親還來不及擦汗，就摘下斗笠，對著老闆行了一個九十度的鞠躬，好似希望他能給個好價錢，在高處的我，清楚地看著他每一個動作、每一個眼神，卻在心裡，笑著父親的傻，一個從來都沒給我們好臉色看的老闆，就算跪下來求都沒用。果然……

「這馬價數是七仔二啦（註五）！」老闆上揚的尾音、不屑的眼神，引發我心中怒氣。

「價數哪會遮爾bái（註六）？」父親近似哀求的說著，希望有些轉圜。

「欲就緊扛落去秤重，莫囉嗦啦（註七）！」老闆把頭瞥了過去，父親的頭更低了，彷彿在思考甚麼，我倒是希望父親有骨氣地掉頭就走，不過父親招手要我下來，幫他把一袋袋穀子，從牛車上卸下來，父親沒有多餘的表情，只抿著嘴，把他這半年的辛勞、血汗轉化而成的稻穀，沒帶著半點的猶豫與不捨，經由磅秤到倉庫，一大車的穀子只換得一個信封袋所裝的錢，半年來的呵護與日曬雨淋，就這樣透過簡單的數字計算、轉換而消失。

回程在牛車上，他不時的嘆息和仰頭望遠，我只注意著父親鼓起的口袋，深怕因牛車的晃動而掉了出來，父親看著傻傻的我，在一個大嘆息後……「你若會當較認真仔讀冊，考牢師專，做一个老師，就毋免像我遮爾辛苦咧做工課，猶著閣看人的面色，毋過看你的成績，我會共牛和牛車留予你，有一个趁食的家私，至少袂去餓死（註八）。」接著，父子同樣低頭沉寂，只有牛鞋碰撞著地而發出叩叩的聲響，在那條路上、那個午後，為一季的辛勤寫下無言的註解。

我曾經天真的以為，辛苦的耕耘會換來豐收的歡笑，終究能換得溫飽幸福的生活。晚飯後，父親把那一袋錢抽出幾張給母親，再分成幾小堆後，放進一個大袋子出門去，一樣的彎腰說著謝謝，到農藥行、肥料行、雜貨店……回到家裡，袋子裡又回到空空的狀態被掛在屋柱的鐵釘上。好像是一個輪迴，每半年一次，家裡又一樣的空蕩，回到原點，過幾天又得到碾米廠去借米，到雜貨店又得用賒帳買雜貨。我曾不懂事地問著，為何要把穀子賣出去？不賣我們就有米飯可吃了，不是嗎？

註五　現在的價格是七百廿元（一百斤的稻穀價錢）

註六　價格怎麼會這麼差？

註七　決定要賣就快點扛下去秤重，別在那裏囉嗦！

註八　你若能認真讀書，考上師專，當個老師，就不用像我這樣辛苦地工作。還得看別人的臉色……不過看你的成績……我會把牛與牛車留給你，有個謀生的工具，至少不會餓死。

看到米缸見底，我總會自告奮勇地去碾米廠借米，碾米廠的老闆姓吳，人家都稱他叫「米絞吳（註九）」，平時的穿著都是西裝褲跟襯衫，有錢人的模樣，對人還算客氣。倒是老闆娘，一襲洋裝，手中永遠握著一把由椰子樹的葉柄所剪成的扇子。借米遇到老闆娘的機會比較多，看到我手上的袋子就知道我的來意，她的臉就會扭曲變形而發出不屑的氣聲，倒不是我喜歡看她的臉色，而是從她家窗戶縫隙中，可以看到電視，全村就只有三臺電視，對照能看到電視的喜悅，不堪的羞辱，好像就不那麼重要了。

「轉去共恁爸講，共恁兜的地賣予阮，就毋免一日到暗來借米矣（註十）……」她一面用鐵罐子往木箱的米一舀，尺一撥，把滿出鐵罐的米撥回木箱，再將罐子裡的米倒到我的袋子裡，嘴巴裡總會嘀咕著田地的事，我很不喜歡她那種調調，但父親總說人家願意借米給我們，就得感謝人家。只是我真的不懂，為什麼還米的時候，就得用鐵罐子把米裝的尖尖的？父親說，那是錢仔囝，也就是利息的意思。父親偶而的笑容，盡是苦盡甘來的短暫欣喜，我不知是不是這些錢仔囝壓得他喘不過氣？是不是生計的壓力讓他牙根咬得更緊？也許那塊小小的地，是父親緊緊抓住的最後一根稻草，也是他奮鬥的依循支柱！「若是共地賣抈揀，咱就啥物攏無矣（註十一）！」父親說完，總會凝神遠望，愁容依舊。

就這樣，一頭牛、一臺牛車還有一小塊的地，父親用他厚實的肩膀撐起整個家的重擔，遮掩了我幼時的飢寒無著。

父親一直堅持著有土斯有財的想法，一有錢就想法子再跟朋友借些錢去買土地，當然錢仔囝的壓力讓父母有些爭執，母親較保守，總覺得欠錢的滋味不好受。每回母親總會用喝農藥自盡來相逼，我都好害怕會變成沒媽的孩子。

「農藥比酒較貴，恁母仔都無愛　酒矣，哪有可能會去啉農藥（註十二）？」儘管父親輕鬆地說著，但一轉頭，又更賣力耕作，幫人犁田的的工作接得更勤，回到家的時間也就更晚。每天清晨，在公雞恣意啼叫之際，望著父親的身影隱沒在晨霧裡，堅毅的背影，那是小時烙印在心中的榜樣。

父母的胼手胝足與樸實，田地變多，米缸也不再見底，米絞吳老闆娘的臉色也越來越和善，就在一切似乎會越來越好的時候，父親的身影突然消失……

註九　碾米廠吳老闆。

註十　回去跟你爸說，你家的那塊地賣給我們，就不用一天到晚過來借米了。

註十一　要是把那塊地賣掉，我們就一無所有了。

註十二　農藥比酒貴，你的媽媽都不喝酒了，怎可能去喝農藥？

一次的農務，父親滑落駁坎，刺到生鏽的鐵釘，因破傷風而驟逝。帶走家中最重要的支柱，留下錯愕、不捨。那年，我國中二年級。

後來家裡決定牛得賣，但我極力主張牛車必須留下，因為那是父親留給我的，最後母親勉強留下牛車。送走牛的前一個晚上，我學著父親撫摸著牛背，再一次在牠負軛的脖子塗上凡士林，牠微轉身，大大的眼睛看著我，那是我和牠最後的道別，沒有任何言語，只有淚水鋪陳彼此的不捨。隔天，牠被解開繩索離開牛棚，我瑟縮在房裡，沒有勇氣和牠道別，牠不時的回頭張望，是述說著不安？抑或是最後的告別？多年了，我還是忘不了最後相望的眼神，還是想你啊！

一臺牛車，靜靜地守在屋旁四十多年。滄桑的面貌，見證著我的成長與哀愁以及離鄉的不捨。現在和母親提及，她總是會有點惋惜地說著：「本底會當換一坵田的牛車，這馬連一臺跤踏車都無人欲和咱換(註十三)！」

當我還摸索著去了解父親內心深處的想法時，他便離開了我的世界，我不確定他對我的認識有多少，但可以確定的是，他，一直影響著我。父親沒有留下太多的故事，一臺斑駁的牛車，成了思念的線索。

註十三　原本可以換一塊地的牛車，現在連一部腳踏車都換不到了！

二　淤泥不污，何染之有

王瓊璝

宋朝理學家周敦頤在《愛蓮說》中對「蓮花」有這樣一段描寫：「予獨愛蓮之出淤泥而不染，濯清漣而不妖，中通外直，不蔓不枝，香遠益清，亭亭淨植，可遠觀而不可褻玩焉。」作者寫「蓮」，由形出神，重在神韻。字字寫「蓮」，句句言君子，讚美君子高尚的氣節，同時也流露了自己潔身自好，不與世俗同流合污的情操和志趣。文章的旨意雋永含蓄，耐人尋味。無怪乎數百年來，「蓮花」已成為吉祥、美好、高貴、聖潔之象徵，深受文人雅士的青睞。

佛教中也有一部《妙法蓮華經》，就是以蓮花比喻佛的真知灼見在不染不污，以蓮花的明淨形容佛法的潔淨精微。所謂「高原陸地，不生此花；卑濕污泥，才生此花。」認為蓮花有轉化的性質，即使處在髒污爛臭的泥潭，也能開出美麗明淨的花朵。這和佛家不受塵世污染的願望相一致，蓮花自然就成了佛家的象徵。

蓮花，在亙古的水邊，在一池碧波中搖曳，靜靜地綻放著純潔、綻放著清瑩，將

讓愛飛揚

一縷縷淡淡的幽香釋放、釋放，終於，那些從古到今層層疊疊堆積的詩書經典也被染香了，被蓮花的花香薰染得多了幾分意境和情趣；終於，那些愛蓮賞蓮的人的心也被染香了，被蓮花的花香薰染得多了幾分高潔和雅致。

我愛蓮花，愛它無法言喻的美，愛它的清香，更愛它「出淤泥而不染」的高尚情操。今年夏天，帶著九十一歲的母親到白河賞蓮時，忍不住就把周敦頤形容蓮花「出淤泥而不染，濯清漣而不妖」的句子解釋給她聽，想不到一生都和泥土打交道的母親竟然笑著說：「要是沒有淤泥，蓮花要開在哪裡呢？再說，蓮花靠著淤泥的滋養才有了這份漂亮，那又何來染不染呢？」剎那間，我驚住了！多麼富於禪理的一段話。是啊！即便「淤泥」是「污」的，但它卻孕育滋養出最美麗最聖潔的蓮花，我們如何能鄙棄它？我們怎能不對它懷著感恩之情呢？我想起印度詩哲泰戈爾的詩句：「感謝火焰的光，但千萬不要忘記那沈著而堅毅地站在黑暗中的燈檯呀！」心中頓時對「淤泥」生出了幾許尊重和愛戴。

以電影「美麗人生」獲得奧斯卡最佳男主角的羅貝多．貝里尼，在上臺領獎致詞時說：「我感謝我的父母，他們給我最好的禮物是貧窮。」聾啞的教育家海倫．凱勒也說：「我感謝上帝給了我殘缺的身軀。為了克服殘缺，我找到自己，以及我要做什麼。」一位學物理的朋友告訴我：「天空中之所以會有豐富的色彩，是因為『塵埃』

的緣故。因為陽光透過了塵埃的散射，讓天空有了不同的顏色，就像早晨會看到藍天，傍晚則是橙紅的雲彩。」看似令人不舒服的塵埃，卻能造成天空美麗的色彩。人世間的一切不都是如此嗎？端看我們用什麼樣的眼光看待啊！

學習因緣法，我們了解：世間的萬世萬物，我們內心所以為的，不論好的壞的，美的醜的、苦的樂的、染的淨的、得的失的，都是彼此牽連影響，就如坐在翹翹板兩端的兩個人，難以分辨出誰高誰低，因為「彼之高」乃肇因於「此之低」，而「此之低」亦肇因於「彼之高」；而所謂喜愛或憎厭，大柢和我們內心的貪欲有關，相應於欲望的則喜，不相應者則厭。明白於此，這人世間的一切，如何分出好或壞、美或醜、苦或樂、染或淨、得或失？如何分出彼和此、人和我？惟是因緣而已。

在網路上看到一篇文章，內心甚是撼動。大意是：「有一個人無意中找到一個蝴蝶蛹。幾天後，他留意到蛹出現了一個小孔，他就停下來觀察它。過了幾個小時，他見到裡面的蝴蝶，用它細小的身體掙扎著要從小孔出來，掙扎了很久卻沒有一些進度，小蝴蝶好像盡了最大努力也沒有辦法出來。這個人於是決定幫牠一把，找來一把剪刀將蛹的盡頭剪開。蝴蝶很容易就出來了。但是這蝴蝶的形態有一點特別，牠的身體肥腫，翅膀又細又弱。這人繼續觀察蝴蝶，因為他相信蝴蝶的翅膀會漸漸變大，身體會越來越小。但是，這隻小蝴蝶的餘生只是拖著肥腫的身體和細弱的翅膀，在地上爬著走。牠永遠也不會飛行了。這個善良的人不了解，蝴蝶必須用牠細小的身體掙扎從蛹的小孔出來，它必得經過這個過程，才可以將身體裡的體液，壓進它的翅膀裡。大自然在此有一個很奇妙的設計，就是蝴蝶從蛹中掙扎出來，是為著預備它將來飛行需要的裝備。」

謝謝母親充滿智慧的言語。我終於明白：繭對蝴蝶而言，並不是阻力，而是助力；淤泥對蓮花而言，並不是詛咒，而是祝福。淤泥不污，何染之有？

陳光憲教授臺北植物園賞荷攝影

陳光憲教授臺北植物園賞荷攝影

三 有荷在心

王瓊璜

每年的五、六月間，碧綠的荷塘裡青葉如蓋，托著嫣紅嬌白兩色荷花。瘦長的腰身娉娉婷婷，在風中款擺，韻致絕佳。整個夏天，蓮塘流動著令人心旌搖蕩的優美，自從邂逅了這一泓碧水清荷後，我再無法自拔，只有沉溺，沉溺在荷花嫣然的笑靨中，沉溺在荷花素雅潔淨的清香裡。

為了賞荷，我總是清晨五點就從士林福國路的居家出發，步行約三十分鐘即可抵達。清晨的荷花迎風玉立、盈盈綻放，清香四溢，嬌媚而不失端莊，溫潤而又自持；荷葉上、花瓣上閃爍著昨夜收集來的露珠，曉露擎珠，那是一種凝靜的妙相呀！偶而一陣風吹過，瘦弱的枝桿翩翩起舞，更增添了一種娉婷的風致。佇立於荷塘草岸，眸光翩翩，在荷與荷間飛迴如蝶。恍惚間，踏我履者是荷，亭亭臨風者是我。岸上水中，不復可分，我與碧水清荷融為一體，輕輕搖曳，立在恬美的輝光裏，立成了一闕殘唐五代詞。

讓愛飛揚

今年五月起，我的心又開始繫念著那一方荷塘，但因瑣事纏身，一直沒去拜訪。但心中總是不斷的在臆想著：荷塘裡是「小荷才露尖尖角」呢？抑或已經「接天蓮葉無窮碧，映日荷花別樣紅」了？終於在國曆六月廿四日那天早上，我起了個大早，懷著興奮的、虔敬的心，往至德園奔去。

走入至德園，再輕步向荷塘走去。噫！那些荷花呢？才初夏，怎麼花都殘了？荷塘裡，只剩下滿池衰敗的荷葉，幾株黑黑瘦瘦、枯乾的蓮蓬孤絕的佇立著，期待中那種「綠痕湧動、紅裳翻浪、白荷清雅」的婀娜景致早已不見蹤影，好大的一片空虛向我襲來，我找了一塊石頭坐下，呆呆的望著滿池的荷葉出神。

一老者大概看出我低迷的情緒，試著安慰我：「葉終歸要枯的，花終歸要謝的。」他的話如醍糊灌頂，頓時驚醒夢中人。寂音禪師說過：「君看繁盛時，中有凋零意」，更何況我今天面對的是一池衰荷？或許生有生的體會，殘有殘的韻味，凡事不苛求，不計較，順其自然，水到渠成，日子自然像風像水，流暢自在。

花開無聲，花謝亦無聲，但卻有天籟自荷塘裡隱隱傳來，氤氳而開，在我身邊兀自繚繞，清了心，清了身，清了這塵塵與埃埃。我終於體會：花開亦當花謝，無荷亦如有荷；有荷在心，強如有荷在塘。今年的夏天，依舊是滿滿一季清涼。

陸

德慧雙修，溫馨校園

作者簡介

李世文

李世文，一九五六年出生，高中時念師大附中，畢業後就讀國立臺灣師範大學數學系、數學研究所，喜歡邏輯思考，約卅~四十五歲時迷上電腦，喜歡寫寫校務行政方面的程式。在四十五歲以前從來沒想到會當校長，自一九八二年研究所畢業，一九八四年服完兵役後，先到醒吾商專教完一年書，隨即於一九八五年回母校師大附中服務，我當了三年的國中部導師，即一直在附中擔任行政工作，當了十二年的組長後，有一天校長問我要不要到國中部接主任，突然驚覺自己是

學校中最資深的組長，有點不好意思再推辭了。當了幾年主任，歷經磨練、見識日廣。有幸於二○○六年遴選上了和平高中擔任校長，並於二○一三年轉任大直高中，思惟本人卅幾年的教育生涯中，一直鑾守本分、做好份內的工作，年近五十歲時才有這份機緣當上了校長，甚是惜福與感恩！

一　讓愛飛揚——營建溫馨的大直學園

李世文

從二〇〇六年有幸擔任校長以來，已歷經十四寒暑，思維個人的「教育信念」、「辦學理念」，一路走來始終如一，整理如下：

壹　教育信念

一、教育是真善美的志業。

二、教育的目的在開展學生的無限潛能，為孩子打開一扇窗，才能讓他們看得見世界。

貳　辦學理念

一、現代學校是科技、人文與自然兼具的學園。

二、現代教師是專業成長、樂觀進取的教師。

三、現代學生是具國際觀、文武合一的卓越學生。

四、現代家長是正向參與、多元參與的教育好夥伴。

參　近幾年在大直服務的優良事蹟

基於對教育的熱愛，我於一〇二學年度從和平高中轉任至大直高中服務，大直高中跟和平高中都屬完全中學，因此對於大直高中繁忙的校務相當熟習。大直高中成立於一九六四年，為男女合校之初級中學，一九九八年改制為完全中學。位於臺北市中山區劍潭里，南臨基隆河，北面雞南山，自然資源豐富，依山傍水，景色優美，具陶冶學生身心靈之境教功能。附近區域設有許多軍事重地、文教機構，社區組成單純。學生家長對子女教育至為關切，家長會組織活絡健全，支

106-110教育部高中優質化輔助方案通過

106臺北市優質學校「課程發展」優質獎

107臺北市優質學校「資源統整」優質獎

108臺北市優質學校「學生學習」優質獎

109臺北市優質學校「專業發展」優質獎

105臺北市優質學校「行政管理」優質獎

105高中優質化第三期程特色領航計畫通過

103-105臺北市高中課程領先計畫

104-106臺北市國中課程亮點計畫

106-108臺北市高中職課程與教學前瞻計畫(第二期程)

持校務運作。鄰近很多文教機構，提供學生多元學習資源。班級學生數：目前共有國高中五十七班、學生一八七二人；其中國中部廿七班、學生八百一十七人；高中部卅班（含三班數理資優班）、學生一〇五五人。教師人數一百四十四人。

本校以「營造互信守法溫柔敦厚的和諧校風、培育自立積極樸實快樂的世界公民、形塑人文科技永續發展的學校特色、建構終身學習多元民主的優質學園」為治校願景，並提出「以學生為中心，以部定課程培育學生基礎學力、以校訂課程培育學生關鍵能力，培育學生成為具關鍵能力的世界公民」為目標，務求延續傳統——成為「國中優秀、高中卓越」典範的完全中學。

底下分成幾部分，來介紹這幾年經營校務期能邁向優質的心得。

一　校長領導

校長領導學校事務繁瑣，行政良才難覓，人材難留，每年到了四、五月就要為下學期的行政主任、組長換人而傷腦筋，然行政人員是校務推動的最重要執行者，有好的行政團隊才有優質的校務經營，校長才不會疲於奔命。到一個學校首要之思為做好校長領導，我的作法是要力行幾個領導：

一、行政領導：校長是校內首席行政，領導者要掌握學校行政目標、方向及策略、方法、步驟，做好行政領導。

二、教學領導：校長是首席教師，要熟捻教學原則、技術與評量方法，除了平日進行教室走察、教師觀課外，並能以身作則示範教學。

三、課程領導：校長要有深厚的課程素養，帶動教師課程討論，進行課程設計，建構全校總體課程計畫。

四、僕人領導：校長能懷有服務為先的美好情操，鼓勵團隊互相合作、信任、先見、聆聽，鼓舞團隊完成任務。

五、第五級領導：校長須具有謙虛的個性和專業的堅持，將個人自我需求轉移到組織卓越績效的遠大目標。

二　行政管理

我的行政管理心法是 PDCA（Plan-Do-Check-Action），透過此 PDCA 的計畫、執行、檢核、回饋循環機制，的確能提高工作效能。以科學化管理及人性溝通的方式建構友善高效的行政環境，善用 e 化軟硬體與累積的工作知識，統整人員專長，發揮經費及財產的最大效益，透過 PDCA 循環不斷改善精進，持續創造優質成果。本校以 PDCA 的行政管理制度與行政團隊的優良表現，打造一個優質的校園環境，提供教師資源與支援，幾年來，本校行政相當穩定，異動很少，行動效能高，於二〇一六年度申請臺北市行政管理優質學校榮獲通過。

三　課程發展與課程計畫

本人到任之初，學校教師大多數未具開發校本課程的能力，新課綱實施在即，思維如何帶動全校性的課程發展，與建構以能力培育為主軸之學校總體課程計畫。歷程如下：

一、組成上下交融課程發展團隊

（一）臺北市教育局於二〇一二年起提出競爭型高國中職課程與教學領先、亮點、前瞻等計畫，教育部則另有高中優質化計畫補助費用，我校集合行政與高、國中教師，組成高中領先工作坊、國中亮點工作坊，進行上下交融式的課程發展工作圈，帶領團隊進行校本特色課程發展，建立課程主軸，持續進行課程滾動修正，建立學校課程地圖。大直高中在全體行政與教師的努力下，逐年通過了上述各項計畫。這幾年來，為學校爭取了幾千萬額外的預算，這些費用都用在課程與教學上，造福全體的大直學子。

（二）配合新課綱，開發產出校本課程，逐步建構出全校一〇八課綱總體課程。

歸納出本校的強項特色（科學涵養）、教育趨勢（創客實踐）與傳統價值（博雅有品），發展為本校一〇八課綱之三大特色課程主軸。培養學生核心素養與關鍵能力，發展高中校本課程地圖。

二、完整規劃六年一貫的教育作法

（一）能力培育一貫

國中部與高中部的校本五大關鍵能力相同，皆為「數位科技」、「美感賞析」、「創造思考」、「溝通合作」及「問題解決」的五大關鍵能力。

（二）課程統整銜接

除了部定基本學科課程的統整銜接外，校本課程、活動亦盡可能的銜接，建構出本校六年一貫課程彩虹地圖。

（三）師資融合交流

高國中師資互相支援，例如國中部菁鷹課程部分師資由高中部教師支援，國高中生命線之相關課程由輔導處與高國中相關領域教師共同研發。

全校性的課程發展是艱辛的，總有幾位教師是不動如山，要先讓自己具備課程領導的能力（進修或研習）。校長自己不熟課程，就很難帶領起全校性的課程研討與發展。除此之外，還須沉著心先帶領每個學科幾個熱心的領頭羊，舉行課程增能或產出的工作坊（準備豐盛的午餐飲料），再逐漸擴充每學科領域的參與人員，並盡可能親自參與每場重要的教學研究會、教師專業學習社群、工作坊。經很長的一段時間的努力，本校終於逐漸形成大多數教師參與課程發展的學校氛圍。

幾年下來，本校在課程發展方面收穫頗豐，除了通過許多競爭型外計畫外，並逐年建構起本校一〇八課綱的總體課程計畫，也帶領本校教師團公費到日本參訪二次（每次十六人），豐富教師們的國際視野。

四　學生學習

到任以來一直在思考，如何營造優質的學生學習環境？乃在一〇二學年度的校務會議中報告主題「如何在紛擾的世局中讓大直邁向更優質卓越？」提出校務經營想法簡要如下：一、優質的學習環境。二、精進的教學團隊。三、精緻的校本課程。四、科學的行政管理。五、出色的學校品牌。六、積極的創意行銷。七、有效的資源統整。期許與全校教師共勉營造大直高中成為一所學生學習的優質學園。

五　生活管理

現代學生受後現代思潮與社會現象的影響，非常重視個人權益及反權威。攪動翻轉原有的校務經營，在生活管理方面就更加艱辛，例如以下二項議題與對策：

一、服裝儀容：教育部於二〇一六年八月十八日宣布，有關學生服裝儀容原則，除重要活動、體育課及實習（驗）課，可規定學生穿著特定服裝之外，學生可選擇合宜混合穿著制服、運動服及學校認可之其他服裝（例如班服、社團服裝）。透過冗長耗時的民主程序，召開服儀委員會，訂定校版的服儀規定，並且貫徹實施。從教育部宣布放鬆服裝儀容規定，校園出現一些學生穿便衣、拖鞋，挑戰校規。一直到校版的服儀規定公布執行，整整經過一年宣導與執行，總算每天服裝不合格人數降至個位數。

二、早自習存廢：教育部規定自一〇六學年度起，各校得於上午第一節開始上課以前，實施非學習節數之活動，其中屬全校集合之活動，每週以不超過二日為原則，並不得列入出缺席紀錄；本校經導師會議討論後，高中部除該年級每周朝會當天須七點卅到校外，其餘可於七點五十五到校；國中部考慮社區家長需要，仍維持七點卅到校，實施一年來發現，遲到的人數比率照舊未下降，會遲到的還是遲到，只是到校更晚而已。有些班級經營認真的老師抱怨不已，有些老師則視為德政。早自習時間比以前更混亂，苦了行政人員，早晨巡堂加倍辛苦。

六 資源統整

學校團隊在資源分配力求全面、適性的照顧，以提高教師教學與學生學習成效；組織內部則透過各處室與外部團體（例如：家長會、校友會、社區…等）的「橫向」協調合作，積極爭取多元適切的資源，務使發揮最大效益。

一、校友會依規定成立與運作。提供資源最大的是創會理事長黃楚琪先生捐贈一千萬元，成立鴻琪獎助學金獎優助弱，幫助清寒、急難弱勢學生，也激勵優秀學生奮發向上。

二、申請並整合各項專案計畫，妥適分配與運用資源，充實教學設備。

三、引進學者專家、機關學校、民間團體、家長、社會、退休老師資源。

四、導引社區教育發展：本校溫馨父母成長班每期規劃系列成長課程，於演講廳辦理專題講座，提供社區家長品質極佳的學習管道。

肆 結語

這一波的軍公教年金改革，聽說教授們被砍最多，校長也是。除了已退休的老人家，生活生計被打亂外，教育現場是否影響深遠？大學尋覓不到合適的教授？中小學校現場，行政人才更難覓，校長的處境更艱難，校務經營的品質更難維持，還有多少人願意當校長？

沉澱心靈深思之，我仍會想走上校長這條路。無它，人生的價值而已！最後，以一個小故事做結尾。

伍　小故事：一個小背包

國中是正常教學與常態編班，在社區中總有一些頑皮的孩子。國八學生王大一是最令老師頭痛的孩子之一。一日下午下課時經過川堂，見到學生王大一，後面跟著幾個跟班，迎面幌來。看到我，叫我「文哥好」。當場叫住他們，以後不可叫我「文哥」，要說：「校長好」。

隔了兩天，在校長室聽到外面一陣喧嘩，開門一看，原來是王大一與其幾個跟班，放學了路經校長室門口。突然發現王大一穿著破舊，背包裂了一個大縫，書本簿子包不住，都快掉出來了。我請這幾位學生到校長室來，可能是興奮的關係，坐在沙發上有的抖腳，有的挖鼻孔，乃請他們端正坐姿，勉勵他們在校好好學習。

勉勵一番後，留下王大一，先請其他同學在外等候，私下用袋子裝了一個新背包給王大一，囑其帶回，不必告知他人，明日再使用。隨後王大一與其他同學安靜的離開校門，回家了。

經過了幾個月，某日下午在校長室辦公時，突然秘書告訴我說，有位家長在學務處咆哮，要見校長，我還沒反應過來，只見到一位手拿點滴架的粗壯中年人與一位小姐衝入辦公室來。請其緩氣，喝茶，敘述情由。原來中年人是王大一的父親，其低收入戶證明過期，須重新審核，上個月的補助款未核下來，拿不到錢，所以他認為是學校刁難，他雖上周開刀在住院中，仍要到學校來要錢。

我先墊錢給他並請其稍安勿躁，學校會儘速請上級辦理，不影響其權益，他仍在咆哮中。接後我順便問起王大一最近家居與學習情形，與告知送王同學背包的事情。沒想到王先生的反應激烈，一下子跪在地上痛哭流涕說，原來背包是校長送的，他是一個粗線條的父親，謝謝我疼愛他的小孩。並說：「以後在學校附近遇到麻煩，祇要報他的名號就沒人敢欺負。」一場戲劇性的轉折，本事件於焉落幕。

省思：真心愛護學生，分享學生成長的喜悅，或有意外的回饋；見到頑皮的學生，行為逐漸改善，並順利的畢業，內心充滿感動，這就是從事教育的人生價值。

作者簡介

吳智亭

現　職——臺北市中山區大直國小校長、臺北市國小特殊教育輔導團召集人、教育部十二年國民教育總綱種子講師、教育部教師專業發展地方輔導夥伴與初階講師、臺北市學習扶助到校諮詢人員、臺北市提升學生數學能力工作坊召集人。

經　歷——臺北市萬華區福星國小教師、組長、主任、臺北市萬華區西園國小校長、臺北市教學輔導教師。

榮　譽——指導福星國小合唱團連續五年榮獲臺北市音樂比賽國小組合唱第一名與臺灣區音樂比賽國小組合唱優等、帶領西園國小團隊指導學生參加青年盃、總統盃、中正盃、教育盃各民俗體育競賽均獲踢毽各項目的冠亞軍及個人組第一名、帶領西園國小團隊榮獲臺北教育一一一標竿學校、帶領西園國小團隊榮獲臺北優質學校資源統整向度優質獎、帶領西園國小團隊辦理臺北市二〇一六青少年民俗運動訪問團至美巡演獲贈達拉斯榮譽市民證、帶領大直國小團隊指導學生榮獲廣達游智盃學校特別獎、帶領大直國小團隊榮獲臺北市與教育部學習扶助績優教學團隊、帶領大直國小團隊榮獲臺北市國際學校基礎級與中級認證、帶領大直國小團隊榮獲臺北市優質學校資源統整、校園營造、課程發展三向度優質獎。

著作

音樂資優類：〈音樂資優兒童鑑別〉、〈無伴奏合唱曲應用在國小音樂班五年級合唱音感訓練之行動研究〉、〈臺北市國小音樂資優教育實施現況〉、〈教室外的音樂課——春之聲〉。

課程領導類：〈教師領導的觀點在福星〉、〈敘說分析——如何分析他敘說的故事〉、〈臺北市青少年民俗訪問團出訪外一章——教育軟實力才藝展自信〉、〈國小教師跨校社群協助學生數學能力重建之案例分析〉。

二一 與大家共圓教育之夢

吳智亭

人的一生就像爬山，回溯登山的歷程，轉動了春秋歲月之輪……
陽光中我奔馳月光下我沉思

依然記得自己初入教職的稚嫩與徬徨，幸有許多師長引領我踏穩步伐；仍然記得自己初掌學校時的挑戰與興奮。細細回顧：一路上曾經迎著陽光樂遊奔馳，也曾經覆著小雨獨自徘徊，是怎樣的執著與使命讓我在這一條路上無怨無悔的耕耘逾卅個年頭。慢慢思索：幼年時的家庭生活、求學時的師長教誨，為我埋下成為教師的種子，啟發我從事教職的夢想；進入教職帶領學生合唱團、接任行政工作，開啟我對學校行政的視野，讓我逐步踏上校長之路，與團隊一起服務更多的孩子。

家庭教育給了我穩固的根基

我出生於一個平凡的公教家庭，爸媽都曾任教職，因此深覺教育的重要性。除了重視課業的學習之外，更不計成本的從小培養我學習音樂，養成了我能夠理性的看待事物、感性的與人溝通的態度。再加上跟隨著爸媽看見實踐化育樹人的過程，自覺比其他的孩子們多了些許的幸運。在愛心關懷與開放民主的教養之下，培養了我積極樂觀的性格與謙卑親善的情懷，更為我埋下成為教師的種子。

為了成長也為了過一個有意義的人生

國中畢業時捨棄就讀一般高中的機會選擇就讀臺北市立師專音樂科，仍然記得在口試時委員的提問：「今天你選擇就讀師專，當三年後同學們即將進入大學過著多采多姿的生活時，妳只是個五專生，妳會後悔嗎？」當時的我回答得很堅定，只因希望自己也能像老師之於我一般，把給我滿滿的愛與關懷傳承出去。五年的求學生涯，除沉浸於音樂專業領域的學習，充實藝術知能內涵與一般國小教教育基本學能之外，對於教育工作有更深一層的領悟與體認，也更加確信在未來踏上教育崗位時，將戮力以赴期許自己成為孩子們的貴人。至今，仍然記得當時年幼的我為自己做的選擇與許下的承諾，直至今日不曾後悔。

辛苦忙碌卻很充實甘苦點滴在心中

畢業分發時，我選擇了返回母校「福星國小」任職。初任級任老師的無助，在前輩教師的和善協助與孩子們的歡聲笑語中陪伴著我渡過，還記得懷著恐懼的心情獨自踏上第一次講臺，面對一雙雙稚氣期待的眼神，直到與孩子們相處二年之後畢業典禮上，與全班的孩子哭著不願分離的情景；因從小學習音樂的背景，一到學校就被賦予擔任合唱團的指導老師。擔任合唱指揮的辛勞，在團隊合作的反覆練習與南征北討的演出中匆匆流逝，總在得獎的那一剎那的歡呼聲中與大家隨口說出：「福星的合唱團很棒喔」，就忘記了一切的辛苦，而連續五年帶領合唱團榮獲全臺北市音樂比賽國小合唱比賽冠軍之殊榮，讓我堅信看見孩子的優勢、給孩子展現的舞臺，是身為教師最有意義與價值的地方；十二年的組長生涯，是校長與主任們的指導與鼓勵，同事們的協助與關懷，伴隨著一次又一次的任務挑戰，也累積了我滿滿的寶貴經驗，認真努力的悠遊於我所選擇且熱愛的志業。完成主任甄選與儲訓，走上教育行政這條路，是自己從事教師工作的另一個里程碑。在所有愛護我的校長與同事的照顧與協助之下，增長了我許多人生的智慧與對工作的熱誠，更在行政閱歷上向前邁進一大步，但不變的是對於教師職志的熱情與專業。我仍是在十五歲就立志成為好老師而不曾遲疑與改變、仍是專注於教學而立志成為孩子們貴人、仍是願意面對挑戰而使命必達的那個我，因為成為深耕教育工作者，讓我有了動力與衝勁，努力往理想與目標前進，完成了校長的甄選與儲訓，並順利的遴選至臺北市萬華區西園國小擔任校長一職。

幸福西園勇於承擔的一哩美好之旅

二〇一三年夏日有緣接下幸福西園的棒子，對我人生而言，那是一個重要的分號，除了身分上的轉變，更是我從擔任教職廿三年以來，第一次轉換新的學校，因此所面對的轉變與挑戰不可言喻的巨大。在學校密度極高但家長忙於生計的萬華區，如何透過教育的力量協助孩子，是最重要的任務。記得每日一早迎著朝陽看著孩子們從通學步道往學校移動，開啟一天的學習生活，朗朗的讀書聲與歡樂的學習語，充滿在優雅的校園中。也記得師生們在語文競賽中優秀的表現，榮獲團體的績優獎項，更記得孩子們在運動場上拚馳的畫面，在排球、籃球、足球與田徑和跆拳道等，都有優異的表現，顯現出優秀傳統與持續創新的學習風貌。為了給孩子不同面向的高峰經驗，和夥伴們帶領著孩子們第一次參加合唱比賽時的緊張到公布獲獎的歡愉情景、科展代表隊的孩子們侃侃論述的專注神情以及獲得獎項的榮耀、以及和孩子們一起設計體驗關卡在記者會中有條不紊的帶領市長、局長完成體驗搏得滿堂采，一幕幕的情景都為教育寫下優良的歷史。而一直是全臺北市一枝獨秀的踢毽隊，更是維持了卅年不敗的優良傳承，持續培育孩子們不一樣的能力，也在每一年的出國巡訪中完成了最成功的國民外交。此外，彼此一同完成的校務評鑑與競爭型計畫的肯定，以及榮獲優質學校資源統整向度的肯定與教育西園國小任內帶領臺北市民俗訪問團赴美巡演一百一十一學校殊榮。讓我相信，透過彼此相容的力量，我們可以成就彼此可以協助孩子，不畏地區的差異可以實踐教育公平正義的力量！

優秀大直朝著既定的理想與目標持續前進

二〇一七年來到大直，記得布達與交接那日天氣之酷熱，但光憲教授

與楚琪董事長早已在會場中等待給我祝福，因此深知接下棒子是承擔更大任務的開始，如何延續大直優良的傳統與校風，並帶領夥伴與孩子們面對未來教育的挑戰是重要課題。三年來，我們以「讓每個孩子都成功」為目標，積極進行家長、社區、社會資源的統整，掌握優勢資源挹注於學生學習來提供多元學習機會、關懷弱勢學生，積極爭取各方資源，來提升學生學習品質。積極參與各項方案與計畫，主動爭取內外部資源，並透過資源的統整和教師群開發的創新課程，來啟發孩子的學習展現學習的亮點；也以課程教學為核心來優化環境，完成了全臺北市最大的學校特色遊戲場，藉由環境的改變來精緻光憲教授審核獎助學金並給夥伴新年祝福課程教學活動，進而讓孩子產生知能融合的教育行為。其中一直默默支撐著我們協助每個孩子能穩定學習的重要力量，是楚琪董事長在二〇〇八年所成立的「鴻琪獎助學金」，它協助我們「扶弱拔尖固本」的去照顧到每個孩子的學習與生活。生活學習得辛苦的孩子，我們會因著他學習的需要適時的給予扶助；表現得優秀的孩子，我們也會因著他的努力給予肯定；努力向學的孩子，我們更會因著他努力向前邁進而給予獎勵。因此，大直的孩子有百分之八十以上都曾因著不同的原因接受過鴻琪獎助學金的協助或鼓勵。每一季，光憲教授都會陪同我們逐筆去審視孩子們的優良表現與實際需求，然後總不忘在言談中給我們智慧的提點以及暖心的鼓舞。我們每每總在教授的「大家做得很好很認真」

「這次孩子們的表現更好了」「謝謝你們幫忙孩子可以好好學習」中體悟到：一切為孩子與為孩子一切而努力是最有價值也是最有福報的。

我們在既有優良傳統下加上持續的努力，孩子們的表現越發亮眼與自信，而我們也整理這幾年來努力的成果來爭取臺北市優質學校的評選，其中光憲教授更是撥空參加資源統整向度的複審，在會場中教授的這一句話「大直有很棒的團隊，不管是行政還是老師，都是一心為孩子的教育在付出，而且總是看見這個學校在進步。」讓我動容，謝謝教授細微的觀察到我們對孩子的付出與努力，也謝謝教授總不吝的給我們讚美和支持。讓我們勇敢的持續向前，並一舉榮獲優質學校資源統整校園營造與課程發展三向度的肯定為北市之冠。

緣起不滅

一路走來如登山林，有美好的景緻、也有崎嶇的峻嶺，感謝所有師長的提攜關懷與傾囊相授，感恩夥伴同事的照顧協助與支持鼓勵，成就了這一段美麗而豐富的教育生涯。如今我將持續以感恩的心情、謙和的態度、包容的胸襟、與熱忱的行動，不斷的學習並在教育崗位上戮力以赴；用心耕耘、用愛灌溉孩子們的福田，開拓教育的一片藍天。

徐昀霖

現　　任－臺北市大同區太平國民小學第十四任校長。

經　　歷－新北市三重區重陽國民小學教師、臺北市北投區文化國民小學教師、臺北市士林區雙溪國民小學主任、臺北市北投區桃源國民小學主任、臺北市教師研習中心研究教師。

榮譽事蹟－新北市語文競賽教師組演説第一名、臺北市語文競賽教師組作文第一名、全國語文競賽教師組演説第一名、全國語文競賽教師組作文第四名、行政院環保署環境教育有功人員甲等獎、教育部教學卓越金質獎、講義雜誌全國 POWER 教師「搶救國語文教案競賽」首獎、全國語文競賽命題及評審委員、臺師大華語文海外教師研習班講師、桃園縣閱讀認證專案初進階培訓講師、臺北市教師天地、杏壇芬芳錄、教育 e 報主編、聯合盃全國作文大賽北區國小中年級組總評審。

著　作—《曼陀羅思考式閱讀策略對提升自主性閱讀成效之研究》、《兒童哲學：基礎理論、教學方法》（共同著作，五南，二〇一二）。

三　道不遠人

徐昀霖

耕心

教育如耕一畝田，有天時的考驗、地利的順變、人和的修練，然而教育家在乎的不是孩子在田裡可以收成多少，而是在乎孩子在這塊田裡有多快樂。「天之道，利而無害；聖人之道，為而不爭。」《道德經》末尾的這句話，現在讀起來才知道聖人難為，但以視「得天下英才而教育之」的志向觀之，我們還是可以獲得「王天下不與焉」的快樂，廿多年的教育生涯，我學會真正的快樂不是得到別人的尊敬，而是見證真正的幸福，一個懂得幸福的教育家必遵三項法則：正向積極、心中有愛、樂於助人。雖然抽象，但放諸四海皆準，只要善用這三項法則，氣場愈強，幸福愈大，成就也就愈高，永遠用微笑看待人與事物，評論性話語不出其口，愛恨怨憎不置其心，方能得人和與興萬事。

智者

嚴長壽先生在《教育應該不一樣》一書中提到，有錢或許能蓋出一座城堡，但惟有人才能使他溫暖。人對了，一切都好辦！要談如何成為一位教育家，首先應先激發熱情，惟有對人與環境時時保持熱情，才能以快樂的心情達成預設目標。本分是最基本的條件，放大本分而得幸福，稱之「能」，擴及他人幸福而得成就稱之「願」。然而人不只是圍牆內的人，還有圍牆外的，社區共生共榮的整體營造，對學校的永續經營將更有助益，世界是大意象，臺灣是大意象，學校對社區來說也是大意象，子曰：「里仁為美。擇不處仁，焉得知？」教育家應自許為一智者，不擇處，或曰所擇之處盡能營造里仁之美，那才是真功夫。

提及現今的教育環境，相信許多教師會發出「師道之不傳也久矣」的喟嘆，然而那頂傳統的高帽，我們又何須戀棧，傳道、授業、解惑也，早已有了新時代的思維，學共、翻轉、差異化，從灌輸知識到幫助孩子成為學習的主人，而學習，又豈止於學識？與時俱進的教育家把孩子當成一個人，教他成為一個人，培養他在面對人生的迷惘與挑戰時，有能力以負責任與勇敢的心態去面對，並且尊重生命的價值與意義，這才是我們擔任教師一職的目的。讓孩子擁有良善的品格發展也是身為大人的我們送給孩子一生最有價值的禮物。

仁者

《尚書》有云：「惟德動天，無遠弗屆。」師者以德，風行草偃，《貞觀政要》有云：「己之雖有，其狀若無；己之雖實，其容若虛。」上智者用人之智，中智者用己之智，下智者用己之力，充實自己的內涵，遠比表現自己的強處來的重要，心中有定見，口中有請益，手中有彈性，教學相長，以典範為依歸，使學生能誠服，家長能信服，社區能佩服，能善養浩然正氣，先正其身而後能其行，在現實中追求理想，在理想中遷就現實，《菜根譚》：「風來疏竹，風去而竹不留聲；雁渡寒潭，雁去而潭不留影，故君子事來而心始現，事去而心隨空。」教育家應自許為一仁者，要平凡的生活，不貪圖名利，要平實的生活，步步踏實。

勇者

南宋謝枋得曾云：「大丈夫行事，論是非不論利害，論逆順不論成敗，論萬世不論一生，志之所在，氣亦隨之，氣之所在，則天地鬼神亦隨之。」教育不僅強調課程與教學的「能」，更應該淬鍊人生中應有的「格」；余秋雨先生在《何謂文化》一書中提到「文化的終極成果是人格」，韓愈在〈進學解〉中提及：「少始知學，勇於敢為。長通於方，左右俱宜。」因著對中國語文的熱愛，在經典中尋找最適合中國人的集體人格，進而使其中坦然而不以物傷性，余秋雨先生以「君子之道」作為詮釋，以品格塑造為方，以彬彬君子為果，讓修齊治平的歷程止於至善。米開朗基羅說：「我在一塊大理石中看見一位天使，於是我不斷的雕刻他，直到他飛走為止！」教育家應自許為一位勇者，勇於承擔與超越，自強不息才能承擔，厚積品德與專業才能超越，只要吾心信其可行！

行者

《禮記．學記篇》中提到教育之所以興盛的條件有四：「禁於未發之為豫，當其可之謂時，不陵節而施之謂孫，相觀而善之謂摩。」我國重視教育的時間是世界最長的，在傳統與創新之間，懂得防患未然、合乎時宜、循序漸進、切磋琢磨，進而涵養教育者的心智模式，發揮統觀的思維，拓展跨域的視野，成為一位全面兼具的優質教育家。落英之所以繽紛，是絕美在紛飛的一瞬，倏快忽慢，即便零落成泥，猶存輾塵餘香；或瀲灩在輕吻湖面的粼粼，吐露微緩波紋，妝抹一層透明胭脂，再回首，又是一輪迴盪，無邊；教育家應自許為一行者，天地有涯，行者無疆，有為者如吾等也！

「縱橫不出方圓，萬變不離其宗」教育之道亦在此方圓之中，然而「落霞與孤鶩齊飛，秋水共長天一色。」教育的風景，至真、至善、至美；沒有水的地方是沙漠，沒有你的地方是寂寞；流水芳菲，巧轉蕩漾於心湖，芬芳沁潤於神思，掬起一把水月洗心，又是一闕墨騷。不必感嘆時局，不語生不逢時，蘇軾的〈定風波〉說的好，「試問嶺南應不好，卻道，此心安處是吾鄉。」教育環境起伏變異如何，只要心安了，哪裡都可以是家鄉。教育家不會孤寂，有心手相攜的夥伴，有溫暖心靈的明燈，智者無惑，仁者無憂，勇者無懼，行者無疆。孔夫子說：「道不遠人！」

作者簡介

黃孟慧

現　任—新北市中園國小校長、新北市STEAM輔導團副召集人、新北市國語輔導團副召集人。

經　歷—新北市介壽國小校長、新北市厚德國小代理校長、新北市國語輔導團研究員。

得獎榮譽—教育部教學卓越金質獎（二〇一八）、教育部特色學校特優（二〇一四～二〇一五）、教育部特色學校標竿獎（二〇一六～二〇一七）、教育部戶外教育銀牌獎（二〇一七）。

著　作—《國小校長關係領導、組織信任與教師工作幸福感關係之研究》、《九〇年代旅行文學之研究》、《悅讀～國小素養導向教案與命題（一～六年級）》。

四 讓愛飛揚——我有神奇天線

黃孟慧

溫暖曾經

家住臺中清水鄉下，老房子的周圍都是水稻田，要回家得穿過長長的田埂，在過去那個老師還需要定期家庭訪問的時代，每一次的家訪，老師的後面總會跟著一群愛看熱鬧的跟屁蟲，我記得小時候每一個導師都不敢在田埂上騎車，他們都將機車放在村子裡的一處廣場，然後領著一群小蘿蔔頭依序走在田埂上，通常老師都會要我表演在田埂上騎腳踏車的絕技，每次總是能得到老師和同學們的驚呼和讚嘆。

小時候母親在工廠當製鞋女工，放學時我常到工廠幫忙，等母親下班後再陪她把材料帶回家繼續做加工，對我而言，冬天時和母親在炭火旁讀書與做加工，是一段很美好的記憶，記得那時候爺爺的手藝很好，很多記憶中的美味料理都出自他的雙手。我因為功課好又會幫忙做手工，村子裡上上下下都誇我乖巧懂事，那時我很享受這樣的讚美與肯定，因此總是越做越起勁。

當年的生活雖然並不富裕，但我特別懷念那段和母親一起做手工的歲月，客廳的小火爐是童年溫暖的記憶，用炭火煮水泡茶、煮火鍋、烤魷魚、烤地瓜……，那些小活動總讓家裏滿室馨香且溫暖。只是國三時母親突然中風，我無憂的少年生活也正式結束，跨年夜時，當同學們在狂歡倒數，而我只能在病房陪伴母親抵抗無情病魔的折磨，當時面對生命的考驗，我只能懷抱著更大的勇氣，勇敢前進。

在準備大學聯考的那段歲月，幾位擁有迷人聲音的廣播電臺主持人，陪我度過無數孤單又恐懼的夜晚。收音機裡的聲音總能安定我多愁善感的心，於是我開始有了當主播和播音員的夢想，我幻想著自己可以亮麗的坐上主播臺播報新聞或是透過電臺頻道傳遞溫暖的聲音，只是沒想到當年填寫大學志願時，因為父親覺得我實在長得太普通而強烈反對，於是我意外成為了一名老師。

在教學現場當了六年的導師，因緣際會有機會從事行政工作，當主任那幾年，恩師光憲教授經常分享其多年的行政經驗，教授常勉勵我要成為一個有影響力的人，除了會做事、更要會說話、會做人，老師說做行政難免會遇到挫折和困難，但要秉持著「任勞、任怨、任謗」的態度勇敢承擔，成為孩子的貴人。後來教授更鼓勵我更上層樓參加校長甄選考試，這是我從不曾有過的夢想，沒想到我竟然在教授的鼓勵之下幸運的以榜首之姿成為當年新北市最年輕的女校長，是教授的鼓勵讓我看見生命的可能，並經歷了生命奇妙的轉折，後來我才明白雖然我錯過了主播夢，但老天給我的使命是希望我用用生命影響更多生命，創造更多動人的教育故事。

神奇天線

從小到大我經歷過好幾次奇妙的救人的經歷，國中時在家鄉最繁忙的一條道路上，我曾救過一位騎車自摔的孕婦；高中畢業那年的暑假，我和朋友在鄉間一處高地廣場數星星看夜景，突然一臺小客車失控衝下山谷，我順利協助了四位傷者脫困；大學當家教時候，學生家的廚房失火，那時我彷彿腎上腺素大爆發，勇敢的撲滅即將失控的火苗，當時只要再晚一步我和兩位學生可能就要葬身火窟；剛出社會時，在一個微涼的冬夜，我和外子悠閒騎車徜徉在住家附近的鄉間小路，一趟路下來竟然遇到了三位路倒的騎士，我在第一時間協助打一一九求救。

這些神奇的緣份讓我體認到上天似乎在我身上裝上了神奇的天線，讓我常有機會遇到需要協助的人。後來又在一個艷陽高照的正午時分，我在一處停車場裡發現了一個滿嘴鮮血的老伯，當下一邊為他撐傘，一邊打電話求救，直到救護車抵達現場，我才知原來他是因為一大早喝酒而路倒在烈日底下，救護員說幸好我及時發現，否則醉倒又受傷的老伯在烈日曝曬下肯定是凶多吉少了；之後在參加校長甄選筆試與複試的前夕，我又陸續救援了一位從火鍋店衝到馬路上的兩歲小男孩，以及一位差點從椅子上跌落地面的八十六歲老爺爺，即時阻止了兩場可能的悲劇。

我常想不知是否是因為這些驚奇遇見，讓我在各項考試時特別順利，甚至跌破眾人眼鏡的幸運通過校長甄試。因為這些神奇的遇見，讓我成為大家口中的強運女，其實這些經歷使我想起了教授常勉勵學生要努力勤耕福田並累積福報，我想也許就是這些善緣成就了自己的貴人運，感謝生命中這些奇妙的相遇，同時也很珍惜可以擁有這份幸福的使命。曾經有位老師告訴我，學校裡不缺厲害的校長，但卻常常缺一個會給老師掌聲的校長，因此我期許自己要發揮自己的影響力，裝上可以偵測師生需要的神奇天線，成為更多人的貴人，希望身旁的每個人可以因為自己的存在而發揮潛能，創造更多高峰經驗。

介壽蝶夢

「我們有一個夢，那就是讓孩子走在校園中，不經意間就能撞到蝴蝶。」這是介壽國小一位王老師的蝴蝶夢。這是多麼美的一個夢想啊！因著這個夢想，介壽的老師打造了全市最美的蝴蝶園，讓賞蝶不必到深山，因介壽就有秘境。每當蝴蝶季來臨，學校裡滿天飛舞的蝴蝶，真的一不小心就會撞到蝴蝶呢。

因為有這麼棒的蝴蝶課程，讓學校的許多角落都有蝴蝶的意象與蝶蹤。因此當我們決定以蝴蝶的主題參加教育部教學卓越獎時，我的神隊友們沒日沒夜的努力著，大家克服了許多的難關，在賽前一次又一次的練習與修正，為的就是讓更多人知道介壽的好，建立課程品牌；我們在賽前喝金牌啤酒，努力集氣希望喝金牌得金質。

然而比賽當天，輪到我開場簡報的時候，螢幕竟然黑屏了兩分鐘，嚴格的賽制不容許重來，雖然在只有聲音沒有影像的情形下，我們還是分秒不差的完成發表，但對我而言那兩分鐘彷彿一世紀般漫長。當完成比賽時，我自覺表現不如預期，由於一直以來我希望當一個拍拍手校長，沒想到自己竟在最重要關頭，成為可能拖累夥伴的豬隊友，心裡感到無比的難受與遺憾。然而就在大家早已絕望之際，老天爺竟然給了我們永生難忘的驚喜，頒獎典禮當天，當司儀宣布我們榮獲有著教育界奧斯卡之稱的教學卓越金質獎那一刻，我們相擁、尖叫甚至落淚，那天我們每個人都是上帝給予的美麗，都是生命中的最佳男女主角。

璀璨蛻變

經營一所學校難免都會遇到許多困境，在初到任時即發現學校有嚴重的外牆磁磚剝落問題，這像是一顆學校的不定時炸彈，我立下宏願希望可以在任內徹底拉皮改善，歷經一次又一次的會勘、一次又一次的局部修繕，終於應驗了有願就有力這句話，我們終於順利爭取到整體拉皮改善的經費。

由於分棟施工的緣故，所有行政人員必須集中在活動中心聯合辦公，這樣的經歷讓夥伴的感情更加凝聚與融洽，而我也因此有了全臺唯一的舞臺校長室，我常笑稱自己每天上班都在登臺演出。雖然這段歷程是辛苦的，但完成後的果實卻是甜美的，因為大家同心努力，學校因此有了嶄新的蛻變，也因為這個幸福使命，也成就了屬於我自己的高峰經驗。

學校是有溫度的，記得在一〇八學年的休業式當天，一位知道我即將調校的孩子特別對我說：「校長你別擔心，我有一個好朋友是讀中園的，我已經跟他說好了，我叫他以後要好好照顧你。」那真是好有情義的一段話呀！從孩子的口中說出來，撼動著我的心久久無法平息，那句話也持續加溫著我的教育使命。

我常想自己從來都不是人生的勝利組，但憑藉著樂天的傻勁以及那彷彿與生俱來的神奇天線，努力扮演教育園丁的角色，發現學生與老師的需要，也期盼能有更多擁有相同頻率的夥伴，和我一起實踐教育的價值，協助孩子璀璨蛻變，雖然也許我們都不是人生的勝利組，但只要堅持教育這條路，我們都已經一起走在勝利的道路上。

107年度
教育部
教學卓越獎
叫我第一名
我好棒棒

鍾信昌

現　　任｜新北市永吉國小校長。

經　　歷｜新北市昌福國小校長、新北市義學國小代理校長、新北市國語輔導團研究員、新北市教育局府會連絡人、臺北市立教育學院兼任講師、實踐大學兼任助理教授。

得獎榮譽｜無極三清宮全國書法比賽第二名（二〇〇九）、臺灣省第十二屆兒童文學創作獎（二〇一〇）、教育部特色學校特優（二〇一七）、新北之星特色學校（二〇一六～二〇一八）。

著　　作｜《宋代皇室論語經筵研究》、《臺灣閩南語創作兒歌研究》、《悅讀～國小素養創新教案》一～六年級。

五 我的豆腐時代——柔軟平凡

鍾信昌

壹 我的志願

在校親感恩月，我特別安排和六年級的準畢業生共進午餐，聽聽孩子們離校前的感想，也聊聊未來的願望。聽到許多理想中的職業：有電競員、運動員、演員、醫生、護士、司機、美甲師等等。孩子們問：「校長，你小時候最想做什麼？」很簡單，我就是想做豆腐。

當年做豆腐，都是凌晨一點就開始工作，在天亮之前必須送到市場。小時候我們家兩大六小全部總動員，誰都不敢偷懶，還在吃奶嘴的妹妹們也不例外。過去我們在市場過生活，就經常撿菜葉、熟爛的香蕉、甘蔗頭來吃；經濟好轉之後，有白米飯吃，可以買整串的香蕉，甚至有香甜的甘蔗汁可喝。因為做豆腐，確實改善了家庭經濟。我希望長大後能繼續做豆腐、賣豆腐，因為這就是天堂般的生活了。

但是辛苦工作幾年後，母親生病了，開始洗腎。姊妹們學業受影響，我自己也覺得讀書不但增加家庭負擔，還影響我做豆腐的時間。但是父母仍然堅持男生必須讀書，於是我才有機會進師專讀書。

我擔任教職卅年，接受國家教育廿九年，可影響我情感最深的還是豆腐。豆腐教會了我許多事：黃豆那麼堅硬，卻能做出最柔軟的豆腐；豆腐那麼廉價，營養成分卻極高。豆腐可以是主角，也可以是配角，它能搭配各色食材，烹調出美味的菜餚。要做得好吃，就要慢工出細活，絲毫急不得。

學校的教育如同做豆腐一樣，要了解孩子的特質，從內在品格慢慢養成，才不會偃苗助長。對於每一個孩子，我用感受豆腐的心情，耐心等待。

「校長，那麼你還有想做什麼？」有啊，開一臺小胖卡實現行動豆腐教學站，在臺灣的各個角落，分享豆漿、豆花，以及豆腐的美好。誰說願望是小孩的專利？我就有！

貳　音樂天性

我的母親在她二八芳華就拿遍當時國內各大歌唱大賞。母親永遠有著神奇哼唱不完的國臺語歌曲。我的五個姊妹，加上我，都在中小學老師的青睞下參與過合唱團，得過多次個人歌唱的獎項。這奇妙的因緣，證明了遺傳的偉大。小四時候，父親送我

讓愛飛揚

一把蝴蝶牌複音口琴，對於樂器的全新體驗，像天籟一般開啟了我另一扇音樂之窗。不必透過言語，不需要任何文字，快慢節奏之間，高低交錯的音階，能夠緩緩的穿透，緊密的揪住心，除了音樂，無人能出其右。小學階段，我曾經看過同學在鋼琴席上的表演，那錯落在琴鍵上的手指，演譯呈現的古老故事，當時哪知古典或現代的風格，只要是叮咚響起，都是天籟。

感謝老天總有最適當的安排：十五歲到和平東路就讀師專，校園不只是翰墨綿長鐸聲悠揚，更是匯集了音樂的天堂。我們在音樂課全班練習風琴，校園到處都有鋼琴有琴房。雄渾的銅管樂，浪漫的木管樂，嗚咽淒美的弦樂，休閒娛樂的吉他……。天底下怎能有這麼幸福的學校啊，只要你想學，蓬生麻中不扶而直。

這幾年在我服務的學校，曾經情商管樂指揮陳順發大師，指導管樂三年，讓一群孩子從陌生到熟悉，可以完整的合奏；之後又在游武雄里長的大力支持下，成立了古箏樂團，傳統樂曲的悠揚，更讓活潑好動的孩子呈現紳士淑女的高貴氣質。目前我服務的學校，李光榮老師、陳佑民老師熱心投入的爵士樂，薩克斯風、烏克莉莉，孩子都是最大受惠；太鼓隊在明忠主任的指導之下，聲勢浩大氣壯山河，又是另一番風景。而在我的校長室內，安排了古箏、吉他、月琴、胡琴、小提琴，都是孩子們下課就可以親臨撥弄的。六月疫情稍緩，我採購了六把 SUZUKI 的十孔口琴，成立了一個小小口琴團隊，才練習了一星期，孩子們就可以在全校朝會開心的演出。

參　語文傳承

這些年我嘗試在小學部六個年級講授基礎文字學。從生動的圖像開始，用故事串聯出文字的生命。不光是學生，班級導師也覺得有趣。大家開始發現，原來單純的一個「人」字就可以牽涉到「身體」、「器物」、「生活」；原來「屎」、「尿」、「屁」等字的象形是那麼生動；原來平時死記硬背的方塊字，是可以用最親和的聯想輕輕鬆鬆牢記不忘的。不需要任何舊經驗，即席就是倉頡、就是王羲之。我們的學生個個都能大膽拿起毛筆畫象形字，因為是用毛筆沾取清水，在水寫布上練習，沒有任何弄髒的壓力，可以自由地練習揮灑。中文字個個都是鑽石珍珠，累積數千年的智慧，獨步全球。如果不能識其由來，究其精髓，談何文創？談何創客？再說書法吧，以獸毛的柔軟差異，墨色的濃淡輕重，提按之間的粗細變化，猗斜跌宕錯落的布局，單色的層次描繪出多彩的生命，各體文字的精妙，就算窮究任何個人的青春，也只能窺探其一二。文字、書法傳統文化，是我一直期許能發揚光大的重要目標。早些年，這些傳統教育往往被升學主義給淹沒遺忘，但隨著拔擢考試方式的多元，我也逐漸看到傳承的曙光。德不孤，必有鄰！做，就對了。

肆　公平正義

除了教育各領域的知識之外，我更願意用柔軟的心去感受、陪伴。當我一次一次陪著親子共學，製作出可口營養的豆花、豆腐時候，我很高興，在書本之外，實用的生活能力可以形成一圈一圈的幸福迴路，讓學習成為真正實用的生活美學。二〇一一年元月我錄取新北市第十二期校長，進入儲訓體系，以及教育局的實習經歷，於二〇一二年八月派任校長至今。面對學校事務，我祈求有效而經濟地達成教育的目標，更要注意資源分配的公平性，以及積極性的差別待遇，進而實現社會的「公平正義」。我希望用我自己的學習歷程幫助更多人，不只是自己的學生。我在學校培訓書法種子老師、音樂團隊、與社區合作辦理社區大學等系列課程，就是期許處處皆教育，時時可學習的理念。

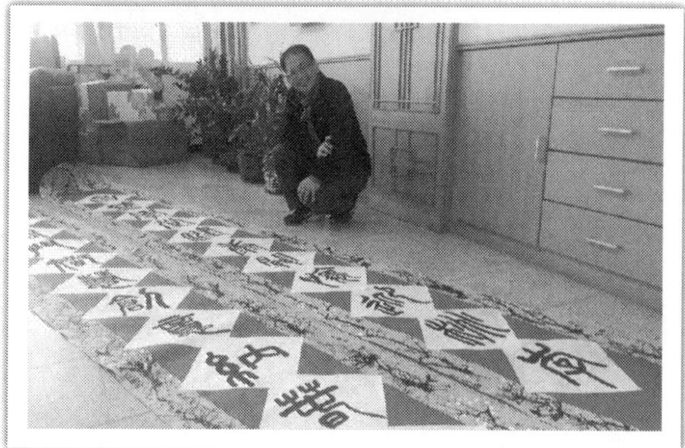

六 民間聖人信仰的故事

陳光憲　謝淑熙

前言

生命的組曲，由一串小故事積累而成；人生的長河，是由生活點滴匯聚而成。有些人能夠忠於自己的本分，並且能夠推己及人，俯仰無愧的立足於世，成為人人稱道的聖賢。展閱經典古籍，先聖先賢的哲理名言，猶如源頭活水，澆灌了中華文化，綻放出燦爛的花朵。

文聖

至聖先師孔子創始了我國儒家學派，他的思想學說，成為中國傳統社會的主流思想。他以因材施教、誨人不倦的精神，開啟了我國私人講學的先河，以「興於詩，立於禮，成於樂」的理念來化育三千學子，並成就了七十二位賢才，樹立為人師表的崇高地位。由於篇幅有限，本文只選擇五則足以代表孔子道德思想的重要成語故事，做為了解聖人之入門。

一 仁學思想

孔子回答顏淵行仁的方法是：「克制自己的私欲，使言行舉止合乎禮節，這就是仁的表現。」當顏淵進一步請教具體的作法是什麼？孔子說：「違反禮法的事情不要看、不要聽、不要說、不要做。」強調一個人要深思自己的言行舉止，明確知道自己該做什麼，不該做什麼。所謂的「克己」，就是控制自身情欲，使事事合理，正是「忠」的表現；「復禮」，乃是社會群體和諧的表現，也是「恕」道的發揚。因此只要人人懂得克己復禮之道，定能化暴戾為祥和，使社會風氣更加淳厚，人心更加善良。

典故出處：顏淵問仁。子曰：「克己復禮為仁。」

二 詩禮之訓

有一天孔子站在庭院裏，兒子孔鯉快步從庭院走過，孔子說：「學《詩》了嗎？」伯魚回答沒有，孔子就說：「不學詩，就不懂得怎麼說話。」孔鯉回去就學

《詩》。又有一天，孔子又獨自站在庭院，兒子快步從庭院走過，孔子說：「學禮了嗎？」伯魚回答沒有，孔子就說：「不學禮就不懂得怎樣立身。」孔鯉回去就學《禮》。這就是「詩禮之訓」、「趨庭之教」，學習《詩經》有助於措辭文雅，經由詩歌的薰陶，可以培養溫柔敦厚氣質的美善人格。學習禮有助於立身行事，禮是立身之大道，修己之準則，也是提升人際關係的原動力。由此可見，孔子教誨自己的孩子，也是從最基本的言行舉止、行為規範方面開始。

典故出處：陳亢問於伯魚曰：「子亦有異聞乎？」對曰：「未也。嘗獨立，鯉趨而過庭，曰：『學詩乎？』對曰：『未也。』『不學詩，無以言。』鯉退而學詩。他日又獨立，鯉趨而過庭，曰：『學禮乎？』對曰：『未也。』『不學禮，無以立。』鯉退而學禮。《論語．季氏》

三　春風沂水

孔子在休閒時，喜歡與弟子們閒話家常，傾聽弟子抒發個人的抱負，有一天子路、子貢，公西華侃侃而談自己的志向，當時正在一旁彈琴的曾點，也表明心志，描述出在暮春三月，春暖花開，五六個成人與六七個童子結伴出遊，到沂水邊洗澡，到舞雩下乘涼，吹著涼爽的風，沐浴著溫暖的陽光，欣賞大自然的美景，然後大家一起唱著歌回家，這是一幅多麼吸引人的春遊畫面，顯現出安寧平和的世界，與孔子主張「仁」的道德情境相符合，因此孔子由衷的讚許曾點「澹泊以明志，寧靜以致遠」的人生境界。

典故出處：「莫春者，春服既成，冠者五六人，童子六七人，浴乎沂，風乎舞雩，詠而歸。」《論語・先進》

四　有教無類

孔子是中國第一位把教育從貴族帶到平民的偉大教育家。孔子強調人人都有受教育的權利，也就是「施教的對象，沒有貴賤貧富的分別。」孔子招收學生，不論貧富、長幼、賢愚，只要能付得起最低的學費（一些乾肉條），都一律招收，並且孜孜不倦地教誨他們。有出身窮困的弟子，如子路、仲弓、原憲等，也有貴族弟子，如孟懿子、南宮敬叔等。弟子的家庭背景、性格和資質，都不一樣，所以「因材施教」就變成了「有教無類」的一種教學實行的原則。孔子一生曾教導過三千多弟子，此種「有教無類」的精神，是從仁的觀念出發，直接體現了「仁者愛人」、「泛愛眾」的具體實踐。

典故出處：子曰：「有教無類。」《論語・衛靈公》

武聖

展閱歷史長卷，可知「文能治國、武能安邦」是歷代聖王施政的理想目標。關公其忠義勇武的形象，在華夏的文明史上，不論是官家和百姓，不論是富豪和貧民，也都擁戴崇拜關公。直至現代，祭拜關公仍為臺灣民間重要的信仰。茲述關公深受大家擁戴的原因，如下：

一　桃園結義

「三國演義」通過許多生動的情節來表現關羽的忠義勇武。關羽在涿郡（今河北涿州）結識了當地正在聚眾起兵的劉備和張飛，三人志同道合，關羽一見傾心，友愛異常，親如兄弟。後世傳說，劉、關、張三人曾在桃園結義。他們的誓詞：「雖然異姓，既結為兄弟，則同心協力，救困扶危；上報國家，下安黎庶。」可見三人有志一同，為拯救動亂的時局與困苦的人民，組織了一支武裝力量，參與了進攻農民起義軍的行列。關羽也就從此開始了他的戎馬生涯。從中平元年（西元一八四年）一直到死，關羽始終忠心耿耿地追隨劉備，極重義氣，與其「誓以共死」。

典故出處：「念劉備、關羽、張飛，雖然異姓，既結為兄弟，則同心協力，救困扶危；上報國家，下安黎庶；不求同年同月同日生，只願同年同月同日死。皇天后土，實鑒此心。背義忘恩，天人共戮！」《三國演義》第一回

二　商用薄記法

關羽一生忠義仁勇，關羽身在曹營心在漢，曹操為了籠絡關羽，經常送給他一些貴重的財物。曹操備讚關羽的勇武，對他重加賞賜，封他為漢壽亭侯（漢壽，地名；亭侯，侯爵名）。關羽會算帳，曹操曾收買關羽，給他送禮。但關羽沒有要，只是將曹操賞賜的財物都一樣不少的悉數清點留下，還附上了一本依照「原、收、出、存」記載得一清二楚的帳冊。關羽這種簡明的記帳法，後世的傳統商人照搬照用，被世人稱為「商用薄記法」的設計發明者。如此一來，關羽既有經濟頭腦，又有算帳能力，還以信義著稱，這些恰好是商人的立足之本，便順理成章地被商人尊奉為「財神」，為區別與「趙財神」，就把關羽尊奉為「武財神」。

典故出處：建安五年，曹公東征，先主奔袁紹。曹公禽羽以歸，拜為偏將軍，禮之甚厚。《三國志・蜀書・關羽傳》

三　義放曹操

曹操佔領江陵後，氣勢更盛，大有吞沒無立錐之地的劉備和消滅江東孫權之勢。這就發生了孫權、劉備聯軍大敗曹操著名的赤壁之戰。十一月，孫劉聯軍在赤壁（今赤壁市赤壁鎮風景區）大破曹操。關羽所率的一萬精銳水軍是劉備的主力，在這場戰役中起了重要作用。而關羽念舊日恩情，義釋曹操，使曹操得以安全逃生，回到江陵。後人為突出關羽「全交重義」的特點，演出了他在華容道義釋曹操的細節，關羽深深的感佩曹操對自己的知遇之恩，於是便一咬牙，放走了曹操，至今仍膾炙人口。

典故出處：「諸葛亮智算華容，關雲長義釋曹操」《三國演義》第五十回

商聖

范蠡具有遠見卓識，在政治上，他懂得韜光養晦，功成身退，對人心的把握極其精準，手段果敢決絕；在經商上，他遵循市場規律，對市場的把握也一樣精準，是兼具治國和經商能力的一大奇才。史學家司馬遷稱：「范蠡三遷，皆有榮名。」史書中有語概括其平生：「與時逐而不責於人」；世人讚譽范蠡：「忠以為國；智以保身；商以致富，成名天下」。他的人生之路，經商之道值得我們去學習。茲述范蠡深受大家敬重的原因，如下：

一　忠以為國

范蠡事奉越王勾踐，辛苦慘淡、勤奮不懈，與勾踐運籌謀劃廿多年，終於滅亡了吳國，洗雪了會稽的恥辱。越軍向北進軍淮河，兵臨齊、晉邊境，號令中原各國，尊崇周室，勾踐稱霸，范蠡做了上將軍。回國後，范蠡以為盛名之下，難以長久，況且勾踐的為人，可與之同患難，難與之同安樂，寫信辭別勾踐說：「君主可執行您的命令，臣子仍依從自己的意趣。」

典故出處：「居家則致千金，居官則至卿相，此布衣之極也，久受尊名不祥。」《史記．貨殖列傳》

二　智以保身

范蠡離開了越王，從齊國給大夫文種發來一封信。信中說：「飛鳥盡，良弓藏；狡兔死，走狗烹。越王是長頸鳥嘴，只可以與之共患難，不可以與之共享樂，你為何不離去？」文種看過信後，聲稱有病不再上朝。有人中傷文種將要作亂，越王就賞賜給文種一把劍說：「你教給我攻伐吳國的七條計策，我只採用三條就打敗了吳國，那四條還在你那裡，你替我去到先王面前試一下那四條妙計吧！」文種於是自殺身亡。

典故出處：「飛鳥盡，良弓藏；狡兔死，走狗烹。越王為人長頸鳥喙，可與共患

難，不可與共樂。」《史記．越王勾世家》

三　商以致富

范蠡乘船飄海到了齊國，更名改姓，自稱「鴟夷子皮」，在海邊耕作，吃苦耐勞，努力生產，父子合力治理產業。．范蠡三聚三散，范蠡第三次遷徙到了陶（今山東定陶），在這裡開始了後半生的實業生涯，他根據當地的時節氣候、風俗民情，採用過人的經商手段。例如：選擇經商環境、善於運用市場規律，貴出賤取，順其自然，待機而動。還有「薄利多銷」「富好行其德、回報社會」等經商方式和原則，符合儒商求誠信、求義的原則。沒過幾年，通過經商積資又成了巨富，自號陶朱公，當地民眾都尊他為「財神」，成了中國古代的「商聖」。他的經商思想超越當代，對商業發展具有長遠意義。

典故出處：「范蠡浮海出齊，變姓名，自謂鴟夷子皮，耕于海畔，苦身戮力，父子治產，居無幾何，置產數十萬。」《史記．越王勾踐世家》

結論

孔子堪稱中國仁德文化的開創者，後人以「天不生仲尼，萬古如長夜」來稱讚孔子，說明孔子猶如一顆慧星，照亮中華文化的前程，並且奠定儒家學說的理論基礎，及為人處世的典範。關羽忠義勇武與孔子並稱文武偶像，關羽可以說把儒家正統文化的道德理想「忠」和民間市井的審美理想「義」與萬夫不當之「勇」集於一身，這些本來不容易統一的東西卻在關羽身上得到了交會，難怪關羽後來逐漸成為全社會崇拜的人物。范蠡是越王勾踐成功復國的一個功臣，是為春秋時期著名的政治家，為越王勾踐身邊的一名謀士，也是一名出色的商人，為人博學多才，謙遜有禮，懂得明哲保身，深受世人好評。聖人的經典名言，觀照了人類的生活習性，涵泳其中，令人心靈深處感動不已，更點燃了人們生命的火花。

七 談教育子女應有的認識

王偉忠

人間有愛，親情無價

因為父母整日忙碌，把精力投注在自己的事業上，雖然對子女的教育也十分關心，往往又因為精力的透支，力不從心，即使有精力來教導孩子，也常犯下不得要領的窘境，因此就在怒斥惡語中與子女發生不愉快。這種事情，在我們周遭環境中經常發生，有些父母為了減少彼此間的不愉悅而有請「家教」，送補習班的念頭。目的用意雖然良好，卻也帶來了另一種爭執和衝突，所謂的親情、親子教育也在這種情況下破裂消失了。

我認為現代的父母要在觀念上改變，所謂「山不轉路轉」，由自己做起，將原有的舊觀念、舊情節完全拋棄，從日常生活中著手。父母最好要親自為孩子檢視其功課，配合學校教學，關心孩子在課業學習的興趣與態度。更重要的是精心為孩子規劃健康的休閒生活，培養他們有一個高尚的休閒娛樂活動。

以下有幾個基本觀念是我在多年教學中，所體驗經歷到的，以供現代父母參考。

一　早餐午餐吃得飽，一天學習精神好

早餐兩個蛋，一杯奶，外加麵包或米食、水果、甜點等充分營養，才有充沛學習精力；午餐要親自為孩子做，並且有滷汁及易嚼營養豐富的魚肉類，適量的水果等，以享親情的溫馨。

二　卅分鐘溫馨的相處，能增加親情，支助學習

提供寧靜學習家境，培養致遠的思考能力，以達較難層次的學習，少看電視多聽子女講述當日各科學習心得的樂趣，以養成溫故知新及發表力；並給予適當讚美激發其學習興趣。

三　語文能力在日常生活中操練及培養

課文的佳美詞句的強調；為提升造句、寫作及談吐內涵，請耐心恆心鼓勵孩子說話寫作時多引用佳美詞句，每課預習時先行規劃出佳美詞句，並用白紙或其他可書寫的紙，寫上本週所學習過的佳美詞句，懸掛在廳長臥房窗簾及玻璃上，按進度更新，使其耳濡目染養成出口成章，下筆成文的習慣，以達學以致用的目的。

四　勿破壞孩子的專注

排滿不適切技藝課程，有害身心發展，在情緒上易引發壓抑及焦慮，在學習上易產生挫折感及恐懼症，不可提前教授新學課程，以免造成課堂精神低迷破壞專注，同時剝奪其享受親情的時間，及自娛、自由的思考能力。

五　良好學習態度與習慣的養成，有賴父母的培養

孩子自學與自學的能力習慣，完全靠父母來教導，並以持之有恆的態度來培育孩子，如各科的預習及驗收，作業的訂正簽章，日記的過目，以了解孩子在學校學習的情形。

六　不良活動及場所，易滋生問題

為人父母者請勿帶孩子到 KTV、MTV、電玩店等遊藝場所，因為這些地方是青少年失足肇事之處，慎防子女涉足，父母亦應以身作則。

七　加強聯繫，解決學生問題

孩子若功課有問題、行為有偏差，應隨時與老師電話聯繫溝通，了解孩子在學校學習的態度，及行為偏差問題，同時也可以先互相協助提出決孩子困難所在，並能以「同理心」接受孩子的要求，而以「順勢利導」方式來規勸孩子。

八　請支持學校到規定

採正面溝通鼓勵子女正正當當遵守校規，以養成學生日後遵守國法綱紀的人格基模；如髮型衣服等，學生不應該在這方面下功夫，應專心於功課上，行為品德上的修養。

九　培養高尚的休閒趣味，免受低級活動傷害

請勿以傷眼電玩，填塞孩子休閒時間，配合學校各項活動的推展。如高尚音樂會的舉辦，體育活動的表演，親子運動會的舉辦等。為人父母者，應培養孩子必須會一種樂器或體能技術，已成為終身休閒伴侶。

十　不要給孩子太多的零用錢

為使孩子專心學習，除車資與打電話所需的零錢外，請勿攜帶過多的零用錢到學校，以免產生不必要的紛爭。因為學校是學習的地方，非謀生盈利的場所。同學間金錢的來往，或彼此相互的請客、送禮等社交活動，皆是製造事端的根源，所以零用錢必須嚴加限制。

十一　抱一抱孩子是一種感情的交通

孩子最感欣慰與安全的，莫過於投入父母的懷抱。別小看這微不足道的動作，在片刻間，那種溫馨，是千金所不能買到的。父母千萬不要太吝嗇，以工作太累或是已經長那麼大了，還有人抱多「丟臉」的字眼來搪塞。我們不妨捫心自問，孩子出生以後，你抱他（她）的次數比「奶媽」抱得多嗎？千萬別拒絕孩子的要求。因為他們正把一天的想法、委屈、渴望與期待，在這一抱當中流露出來，或消失於無影無蹤。

十二　與孩子歡樂是一種責任和義務

看卡通片、玩陶土、小汽車、娃娃、堆積木……等是孩子的最愛，父母一定要把自己的年齡降到與他（她）一樣，不可以用「幼稚」或則以「那是小孩子」的玩意兒，大人不便參與、干涉而拒絕與他（她）們相處的機會。「孩子少，個個寶」，他們寂寞孤獨，豈是父母所能理解。為人父母應該有責任甚至於有義務去為孩子解決問題。分享他們的喜、怒、哀、樂，聽他們講劇情、對人事物的批評、玩具的玩法；更可以參與他們的表決或提供意見……等。父母如能注意到這些事，無形中也就可以觀察到孩子對事物的分辨能力、對是非善惡的辨認；以及他們說話表達的技巧、判斷能力的培養，群處的態度與方法。

十三 正確的教育是一種滋養潤滑劑

時髦的父母經常像一陣風似的讓孩子學這個、學那個的，只要求他們努力的去學習；卻不知如何正確的來教導孩子去克服學習的困難與障礙。甚至還以冷嘲熱罵的字句來打擊孩子，我常聽到為人父母的用這種口氣對孩子說：「孩子啊！父母賺錢可不容易呢？你要用心去學喔，不要浪費錢，別讓老師……」這種教育方式，完全是錯誤的，在觀念上更是不正確的。父母最好要親自為孩子檢視其功課，配合學校的教學，關心孩子對課業的學習的興趣與態度。更重要是精心為孩子規劃健康的休閒生活，培養他們有一個高尚德休閒娛樂活動，比如球類、種植、飼養、樂器演奏等，以為終身休閒伴侶。

十四　為孩子做飯是一種親情到凝聚

小宴與大宴是孩子們的最愛嗎？麥當勞、肯德基是孩子的「良」食嗎？「漢堡」「黑輪」……是孩子的點心嗎？這些不完全是孩子們所要的。就我來說，至今我仍然最懷念母親為我精心準備的六年午餐——便當（初中、高中時候），而今呢？卻是賢妻為我燒的飯菜。為什麼？因為它是母親的愛心、賢妻的甜心所換來的。同樣的道理，一個健康活潑的孩子，他營養的攝取，完全是父母的關心和愛心的投入。雖然它是「粗茶淡飯菜」跟「菜根鹼味」……等，它仍然是「親情」最純真最真摯的餵養。他不必刻意的用「甜言蜜語」來滋潤燙貼，孩子他會用心去體驗的。

請為人父母的，不要怕麻煩、不要怕弄髒的廚房。廚房是我們親子活動最好的場所，也是培養孩子親自做事的好機會。如幫父母洗菜、碗盤、排碗筷、桌椅、整理垃圾……等，尤其是小家庭更需要藉此機會來凝聚親情——共享用餐的樂趣。

以上十四點建議，完全是個人親身體驗所體會出來的，沒有半點虛構或揑造，因為孩子的成長是有階段性的，珍惜孩子與我們共處的機會，多關心他們，多一點付出，讓他們健康快樂的成長。為人父母者應該針對自己的事業做階段性的規劃，以兼顧教養的責任，在孩子的成長過程中，「親情」的溫馨是他們永生難忘的。我們為人父母者，能吝惜每天短暫親子相聚的時光嗎？多陪孩子走一段路，注意孩子的身心發展，多觀察他（她）的言行舉止，等孩子大一些，再事業上用心努力、突破也不遲的，孩子的教育是疏忽不得的。

總之，父母是最能影響孩子社會化，及鼓勵孩子有所成就的「重要人」，所以為父母的，應該稟於自己責任重大，朝乾夕惕，自我反省，並能以身作則成為孩子學習的榜樣，只要我們的言行、觀念正確，不難培養出優秀的下一代。

孩提年幼多操心，瞬間成人即離親；何日共享天倫樂，莫等白髮傷娘心。

八 品格教育的深耕

陳光憲

一 教育愛與關懷

品格教育在於心靈的覺醒，循循善誘，鑄造高瞻遠矚，有遠見、有卓識、有愛、有關懷的高尚人格。

家庭是愛的起點，是人類最溫暖的地方，有溫暖的家庭，才有健全生命的愛。由孝養父母的愛，擴大到夫妻、兄弟、朋友的愛，它建構了健全的人格、和諧的社會，和人類生生不息、永續的生命。

「玉不琢，不成器，人不學，不知義。」古聖先賢告訴我們：「養不教，父之過，教不嚴，

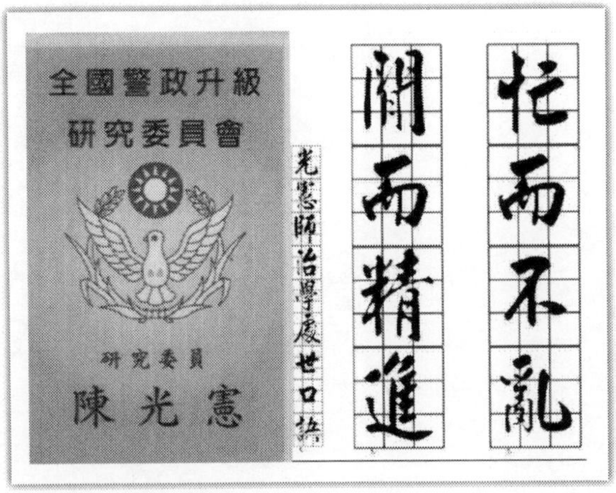

全國警政升級研究委員會
研究委員
陳光憲

忙而不亂
閒而精進
光憲師治學處世口訣

師之惰。」好家風、好品格由父慈子孝的家庭生根，親長的愛與關懷，決定家道的興旺；教育工作人員的任務是深耕與時俱進的教育，陶冶學生品學兼優的人格，強化社會的安定和國家的富強安樂。

二　家庭教育與學校教育

愛的真諦是什麼？儒家思想倡導「汎愛眾而親仁」的理念，仁者人也，講求人與人相互對待的愛與關懷。

百善孝為先，「孝道」是家庭教育的基石，也是品格教育、生命教育的核心。家庭教育重視良好習慣的養成，學校教育著重博學、審問、慎思、明辨、篤行的真知力行。

真愛不是溺愛、不是巧奪豪取、自私自利的愛，為人師、為人父必須教導孩子愛己、愛

人、愛萬物的智慧，即使經商營利，也要化腐朽為神奇，取得正當的利益。司馬遷《史記》記載陶朱公經商致富「十九年之中，三致千金，再分散與貧交昆弟。」范蠡這種富而不驕、樂善好施的智慧與情操，成為華人商業界的典範。

猶太人有一則「一加一大於二」的故事。一對父子來到美國休斯敦經營銅器生意。有一天，父親說：「每個人都知道每磅銅的價格是三十五美分錢，但是做為猶太人的兒子，應該說三點五美元，你試著把一磅銅做成銅門看看！」

廿年後，他繼承父業，得知美國翻修自由女神銅像，為清理廢料，向社會招標。隨即飛往紐約，未提出任何條件，立即簽約。他請工人把自由女神像的廢銅熔

杭州技職大學邀請光憲校長演講國學

化，鑄成小自由女神，把廢鉛、廢鋁做成紐約廣場的鑰匙。不到三個月的時間，他將這堆廢料變成了三百五十萬美元，每磅銅的價格整整增值了一萬倍。

愛與關懷的教育，教導孩子智慧，也教育孩子愛財取之有道，己所不欲，勿施於人，有所不得，反求諸己的自省功夫。

三　教育愛的真諦

二戰以後，以色列的強大，靠的是家庭教育與學校教育的結合。猶太人有一則為世人所津津樂道的「魚之愛」故事：

有一個年輕人自稱很愛魚，猶太智者問年輕人說：「你愛這條魚嗎？你為什麼吃這條魚？」年輕人：「因為這條魚嚐起來鮮美可口。」

這意味著「魚之愛」不是真愛。愛魚而把魚吃了，是貪愛它的美味可口。正如有很多男女的戀愛，意味男女從對方的身上看到自己生理上和情感上的需求，把它稱為是愛，卻不是對於對方的真愛，很多人世間的悲劇由此產生。

真愛是付出，不是單純的接受，更不是傷害。先聖先賢、慈父賢母的教育是德行教育重於功利主義的教育。

四　教育的深耕

聖賢不想征服天下只想戰勝自己，聖賢不把痛苦放在別人的肩膀上，只想為天下蒼生擔當苦難，教育的深耕需要國家領導人的真知灼見，帶給孩子們一輩子幸福的教育方針，也需要社會大眾與學生家長

樹立良好的生活典範，以身作則的生活教育。

工商企業的員工培訓，重視新科技的研發與產銷，同時重視商業道德優於功利教育的思維。

有完美的教育，才有德智體群美的優秀國民和富強安樂的國家，我們期許所有的教師樂於發現學生的亮點，塑造學生快樂的學習天堂，給學生智慧，給學生方法、給學生高貴的人格。

我們衷心期盼，一代有一代新的文明，一代有一代新的創造，期許教育的深耕，造就新的一代比我們更傑出、更高雅、更幸福的人生。

說話，要像陽光，創造光明的世界；
說話，要像花朵，綻放芬芳的思想；
陳光憲閒情攝影札記

文化生活叢書．藝文采風　1306027

讓愛飛揚

主　　編　陳光憲
責任編輯　宋亦勤

發 行 人　林慶彰
總 經 理　梁錦興
總 編 輯　張晏瑞
編 輯 所　萬卷樓圖書(股)公司
臺北市羅斯福路二段 41 號 6 樓之 3
電話　(02)23216565
傳真　(02)23218698

發　　行　萬卷樓圖書(股)公司
臺北市羅斯福路二段 41 號 6 樓之 3
電話　(02)23216565
傳真　(02)23218698
電郵　SERVICE@WANJUAN.COM.TW
香港經銷
香港聯合書刊物流有限公司
電話　(852)21502100
傳真　(852)23560735

ISBN 978-986-478-384-7
2020 年 10 月初版一刷
定價：新臺幣 460 元

如何購買本書：
1. 劃撥購書，請透過以下帳號
帳號：15624015
戶名：萬卷樓圖書股份有限公司
2. 轉帳購書，請透過以下帳戶
合作金庫銀行　古亭分行
戶名：萬卷樓圖書股份有限公司
帳號：0877717092596
3. 網路購書，請透過萬卷樓網站
網址　WWW.WANJUAN.COM.TW
大量購書，請直接聯繫，將有專人為您服務。(02)23216565　分機 610

如有缺頁、破損或裝訂錯誤，請寄回更換

國家圖書館出版品預行編目資料

讓愛飛揚 / 陳光憲主編. -- 初版. -- 臺北市 : 萬卷樓, 2020.10
面 ;　公分. -- (文化生活叢書. 藝文采風 ; 1306027)

ISBN 978-986-478-384-7(平裝)

863.55　　109015240